Italo Calvino

SOB O SOL-JAGUAR

COMPANHIA DAS LETRAS

ITALO CALVINO

SOB O SOL-JAGUAR

Tradução:
NILSON MOULIN

COMPANHIA DAS LETRAS

Título original:
Sotto il sole giaguaro

Capa:
Hélio de Almeida

Preparação:
Márcia Copola

Revisão:
Arlete Mano
Ana Maria Barbosa

Dados Internacionais de Catalogação na Publicação (CIP)
(Câmara Brasileira do Livro, SP, Brasil)

Calvino, Italo, 1923-1985.
Sob o sol-jaguar / Italo Calvino ; tradução Nilson Moulin. — São Paulo : Companhia das Letras, 1995.

Título original: Sotto il sole giaguaro.
ISBN 85-7164-508-6

1. Romance italiano I. Título.

95-3884 CDD-853.91

Índices para catálogo sistemático:
1. Romances : século 20 : Literatura italiana 853.91
2. Século 20 : Romances : Literatura italiana 853.91

1995

EDITORA SCHWARCZ LTDA.
Rua Tupi, 522
01233-000 — São Paulo — SP
Telefone: (011) 826-1822
Fax: (011) 826-5523

ÍNDICE

O NOME, O NARIZ

Como epígrafes num alfabeto indecifrável, do qual metade das letras tenham sido apagadas pelo esmeril do vento pesado de areia, assim permanecereis, perfumarias, para o homem futuro sem nariz. Ainda haveis de abrir-nos as portas envidraçadas e silenciosas, haveis de silenciar nossos passos nos tapetes e acolher-nos em nosso espaço de escrínio, sem arestas, entre os revestimentos de madeira laqueada das paredes; e mais ainda, vendedoras e patroas coloridas e carnosas como flores artificiais haverão de tocar-nos com os braços rechonchudos armados de regadores ou com a barra da saia esticando-se em cima de banquinhos: porém, os frascos as garrafinhas as ampolas com tampas de vidro pontiagudas ou facetadas continuarão inutilmente a entrelaçar de uma prateleira a outra suas redes de acordes consonâncias dissonâncias contrapontos modulações progressões: nossas narinas surdas não mais captarão as notas da escala: os aromas almiscarados não serão distintos dos citrinos, do âmbar e do resedá, a bergamota e o benjoim permanecerão mudos, presos no sono calmo dos frascos. Esquecido o alfabeto do olfato, que produzia outros tantos vocábulos, com um léxico precioso, os perfumes permanecerão sem palavras, inarticulados, ilegíveis.

* * *

Bem outras vibrações uma grande perfumaria podia suscitar no ânimo de um homem do mundo: como no tempo em que, nos Champs Elysées, a minha carruagem detinha-se com uma brusca puxada de rédeas diante de uma tabuleta famosa, e eu descia feito um raio, entrava na galeria toda espelhos, deixando cair num único movimento cartola, bengala e luvas nas mãos das moças que as recolhiam solícitas e madame Odile vinha ao meu encontro como se voasse nas longas saias acetinadas: "Monsieur de Saint-Caliste! Que bons ventos o trazem? Diga-me em que podemos servi-lo. Uma colônia? Uma essência de patchuli? Uma pomada para encrespar o bigode? Uma loção que devolva aos cabelos sua verdadeira tintura de ébano? Ou então", e piscava os olhos ensaiando um sorriso malicioso nos lábios, "é um acréscimo à lista de presentes que toda semana meus entregadores distribuem discretamente em seu nome por moradas ilustres e desconhecidas através de Paris inteira? Trata-se de uma nova conquista que já vai confiar à sua fiel madame Odile?".

E dado que me calava e torcia as mãos tomado pela agitação, as moças começavam a esvoaçar: uma delas me retirava a gardênia da lapela para que nem sua leve fragrância perturbasse a recepção dos perfumes, a outra extraía de meu bolsinho o lenço de seda para absorver as gotas das amostras dentre as quais devia escolher, uma terceira borrifava água de rosas em meu colete para neutralizar o fedor do charuto, uma quarta pincelava com laca inodora o bigode para que não se impregnasse das diversas essências, confundindo minhas narinas.

E a senhora: "Evidente que é uma paixão! Há muito tempo esperava por isso, monsieur! O senhor não pode esconder nada de mim! É uma grande dama? É uma rainha da *Comédie*? Das Variedades? Ou durante uma excursão qualquer pelo *demi-monde* escorregou inesperadamente para o sentimento? Mas, em primeiro lugar, em que série poderia ser classificada: é mulher de *jasminados*, de *frutáceos*, de *penetrantes*, de *orientais*? Diga-me, *mon chou*!".

E uma das vendedoras, Martine, já me afagava sob as orelhas com a polpa dos dedos molhados de patchuli (enquanto empurrava na minha axila a excitação dos seios), e Charlotte me fazia cheirar um braço perfumado de flor de esponjeira (com o mesmo sistema, em outras ocasiões, eu havia percorrido um mostruário inteiro espalhado em seu corpo), e Sidonie soprava em minha mão para fazer evaporar a gota de rosa silvestre que ali depositara (entre os lábios vislumbravam-se os dentes miúdos cujas mordidas me eram familiares), e uma outra que eu nunca tinha visto, uma mocinha (que, preocupado como estava, apenas toquei com um dedo distraído), me fazia de alvo, pressionando a pêra do pulverizador como se me convidasse para um combate amoroso.

"Não, madame, não é isso, palavra de honra", consegui dizer. "O que tenho de encontrar não é o perfume adequado para uma mulher que conheço! O que procuro é a mulher: uma de quem só conheço o perfume!''

É num momento desses que o gênio metódico de madame Odile dá o melhor de si: só uma ordem mental rigorosa permite reinar sobre um mundo de eflúvios impalpáveis. ''Vamos por exclusão'', disse, assumindo ares de seriedade. ''Sabe a canela? Contém almíscar? É violáceo? Tem algo a ver com amêndoas?''.

Mas como poderia descrever com palavras a sensação lânguida e selvagem que tinha experimentado na noite anterior ao baile de máscaras, quando a minha misteriosa companheira de valsa, com um gesto preguiçoso, deixara escorregar o xale de musselina que separava seus ombros brancos dos fios do meu bigode e uma nuvem estriada e arrebatadora me agredira as narinas como se eu estivesse aspirando a alma de um tigre?

''Juro que é um perfume diferente, que não se parece com nada do que me fez experimentar até hoje, madame Odile!''

As moças já tinham chegado às prateleiras mais altas, passando ampolas frágeis de mão em mão cuidadosamente, abrindo-as não mais que um segundo como se temessem que o ar contaminasse as essências que ali se achavam preservadas.

''Este heliotrópio'', informava madame Odile, ''é usado só por quatro mulheres em Paris: a duquesa de Clignancourt, a marquesa de Ménilmontant, a mulher do fabricante de queijos Coulommiers e a amante dele... Este pau-santo me chega todos os meses expressamente para a embaixatriz do czar... Eis um *pot-pourri* que preparo sob encomenda para duas únicas clientes: a princesa de Baden-Holstein e a cortesã Carole... Quanto a esta artemísia, lembro uma por uma todas as senhoras que a compraram uma primeira e última vez: parece que tem um efeito deprimente sobre os homens.''

Era justamente isso que eu pedia à precisa experiência de madame Odile: dar um nome a uma comoção do olfato que eu não lograva esquecer nem reter na memória sem que afrouxasse lentamente. Tinha de correr: também os perfumes da memória evaporam: cada novo aroma que me davam para cheirar, enquanto se impunha como diverso, irredutivelmente distante daquele, tornava, com sua presença invasora, mais vaga a lembrança daquele perfume distante, reduzindo-o a uma sombra. ''Não, mais agudo... quero dizer, mais fresco... não, mais denso...'' Nesse vaivém pela escala dos odores me perdia, não sabendo mais discernir em que direção perseguir minha lembrança, só sabia que num ponto da gama abria-se um vazio, uma prega oculta onde se aninhava aquele perfume que era para mim uma mulher inteira.

E não era assim quando a savana a floresta o paul eram uma rede de odores e corríamos de cabeça baixa sem perder o contato com o terreno, ajudando-nos com as mãos e com o nariz para encontrar o caminho, e tudo aquilo que devíamos entender passava pelo nariz antes dos olhos, o mamute o porco-espinho a cebola a seca a chuva são antes de mais nada cheiros que se destacam dos demais, o alimento o não-alimento o nosso inimigo a caverna o perigo, tudo se sente antes com o nariz, tudo existe no nariz, o mundo está no nariz, nós do rebanho, é com o nariz que sabemos quem faz parte do rebanho e quem está fora dele, as mulheres do rebanho possuem um cheiro que é o do rebanho e afinal cada mulher tem um odor que a distingue das outras, à primeira vista, entre nós e elas não há muito o que distinguir, o cheiro sim, cada um tem o seu diferente do outro, o cheiro logo te diz sem equívocos o que interessa saber, não há palavras nem informações mais precisas do que aquelas que o nariz recebe. Com o nariz percebi que no rebanho existe uma mulher diferente das outras, não como as outras para mim e meu nariz, e eu corria seguindo sua pista na grama, explorando com o nariz todas as mulheres que corriam diante de mim e do meu nariz no rebanho, e eis que a encontro, ela havia me chamado com seu cheiro no meio de todos os cheiros e com o nariz consigo aspirá-la inteira com seu chamado de amor. O rebanho sempre se desloca correndo trotando e na sua corrida ai de quem pára, todos caem por cima pisam você confundem o seu nariz com o cheiro deles, eu que subi para o lado dela agora nos empurram nos derrubam sobem todos nela e em mim todas as mulheres me cheiram, misturam-se todos e todas com seus cheiros que não têm nada a ver com aquele cheiro que eu sentia antes e agora não sinto mais espere estou procurando, busco a pista dela na grama pisada poeirenta, cheiro cheiro todas as mulheres, não a reconheço mais, me afasto desesperado em meio ao rebanho procurando-a com o nariz.

De resto agora acordo com o cheiro do capim e viro a mão para fazer zlwan zlwan zlwan com a escopeta no tambor para retomar o tlann tlan tlen de Patrick sobre as quatro cordas, pois acredito aindar estar tocando She knows and I know mas era apenas Lenny que batia firme suando em bicas com as doze cordas e uma das moças que viera de Hampstead ajoelhada ali embaixo que lhe fazia coisas enquanto ele tocava ding bong dang iang e todos os outros inclusive eu tinham acabado exauridos a bateria caída que nem eu percebera, procuro com a mão salvar os tambores para que não sejam furados, as coisas redondas que vejo brancas no escuro estendo a mão e toco partes de carne pelo cheiro parece carne quente de fêmea, procuro no escuro os tambores jogados no chão junto com latas de cerveja, misturando-se com todos os caídos pelo chão nus em cinzeiros emborcados o traseiro quentinho ao ar livre e dizer que não faz tanto calor a ponto de dormir nus pelo chão, está certo que somos tantos aqui trancados há não sei quantas horas mas o aquecedor a gás é preciso pôr mais moedas pois apagou e só faz feder, e eu fora de órbita como andava desperto com o suor gelado escorrendo tudo culpa dessa coisa asquerosa que nos obrigaram a fumar esses que nos trouxeram a este lugar pestilento perto do cais com a desculpa de que podíamos fazer todo o barulho que se quisesse a noite inteira sem atrair os policiais de sempre de qualquer jeito tínhamos de ir a algum lugar depois que nos chutaram daquele buraco em Hammersmith, mas era porque eles queriam comer essas meninas que vieram atrás de nós de Hampstead e nem tivemos tempo de ver quem eram e como eram, porque sempre arrastamos um monte de garotas aonde vamos tocar, especialmente quando Robin toca Have mercy, have mercy of me elas logo entram num estado que desejam fazer coisas e então começam todos os demais enquanto estamos ali tocando podres de suor e eu a dar duro na bateria hop-zum hop-zum hop-zum, e eles lá, Have mercy, have mercy of me, maam, e assim nós também hoje à noite nem rolou nada com essas meninas que até são groupies do nosso grupo e logicamente deveríamos ser nós a comê-las em vez dos outros.

Assim agora me levanto para procurar essa porcaria de aquecedor a gás e pôr umas moedas para fazê-lo funcionar, ando na ponta dos pés em cima dos cabelos dos traseiros das guitarras das guimbas das latas de cerveja de tetas e copos de uísque entornados no carpete alguém deve ter vomitado nele, é melhor que fique de quatro pelo menos vejo por onde ando além disso mal me agüento em pé, e só reconheço as pessoas pelo cheiro, com todo o suor que gruda por cima da gente nos diferenciamos logo daqueles que só fedem com sua maconha nojenta e seus cabelos sebosos, e as garotas também não é que se lavem muito mas seus cheiros meio que se misturam com os outros cheiros meio que se distinguem do resto e de vez em quando se encontram cheiros especiais nessas garotas que vale a pena sentir, por exemplo, nos cabelos quando são daqueles que não absorvem muito a fumaça e depois logicamente em outros lugares e assim eu ia passando sentindo um pouco desses cheiros de garotas dormindo até que paro num ponto determinado.

Digo que é difícil sentir de fato o cheiro da pele de uma moça especialmente se somos tantos amontoados mesmo assim eis que sinto embaixo de mim uma pele certamente de moça branca, um cheiro branco com a força especial do branco, um cheiro levemente salpicado de pele talvez pigmentada de manchinhas sutis quem sabe invisíveis, uma pele que respira como os poros das folhas os prados, e todo o fedor que havia por ali digamos que fique a dois centímetros de distância dessa pele ou talvez só alguns milímetros, enquanto isso começo a aspirar por todo lado essa pele dela que dorme com o rosto oculto pelos braços, os cabelos talvez ruivos escorridos pelas costas, as pernas compridas frescas na taça atrás dos joelhos, agora sim que respiro e só sinto o cheiro dela, e ela que deve ter percebido enquanto dormia que continuo a cheirá-la não deve ter nada contra pois se ergue sobre os cotovelos sempre mantendo o rosto erguido e eu das axilas passo a sentir como é o seio até a ponta, e como me coloquei logicamente meio a cavalo é cômodo empurrar na direção em que me sinto gratificado e eu que sinto que ela também se sente gratificada e assim meio dormindo se pode encontrar o jeito de obter um consenso sobre como me posiciono e como ela pode ficar ainda melhor.

O frio que até então não tínhamos sentido sentimos depois e eu me lembro que ia pôr os pennies no aquecedor e volto a erguer-me afasto-me da ilha de seu calor contínuo a minha travessia em meio aos corpos desconhecidos entre odores incompatíveis ou melhor repulsivos, procuro no meio das coisas dos outros se encontro algumas moedas, continuo sentindo o cheiro de gás o aquecedor e faço com que funcione mais irregular e fedorento que nunca, vou atrás do banheiro seguindo o cheiro de privada e mijo tremendo na luz cinzenta da manhã filtrada pela janela, volto para o escuro para a clausura para o bafo dos corpos, agora tenho de atravessar de novo para encontrar aquela garota de quem só conheço o cheiro, é difícil procurar no escuro mas mesmo que a visse como fazer para saber se é ela só pelo cheiro, assim vou cheirando os corpos pelo chão e um grita fuck off e me dá um soco, este lugar foi construído de um jeito esquisito parecem tantos cômodos com gente estendida dentro, perdi o rumo jamais soube o que era isso, estas garotas cheiram diferente, algumas podiam certamente ser ela, entretanto Howard acordou e já está ali com o baixo que retoma Don't tell me I'm through, creio que já dei a volta completa e ela onde se meteu, no meio de todas essas garotas que começamos a ver na luz que penetra, mas o que desejo sentir não sinto, estou aqui a rodar feito doido e não a encontro, Have mercy, have mercy of me, passo de pele em pele procurando a que perdi e que não se parece com nenhuma outra pele.

Para cada pele de mulher existe um perfume que exalta o seu perfume, a nota na escala que é um conjunto de cor e sabor e odor e maciez, e assim o prazer de passar de pele em pele pode não ter fim. Quando os candelabros dos salões do faubourg Saint-Honoré iluminavam minha entrada nas festas de gala, a nuvem pungente dos perfumes me arrebatava dos decotes bordados com pérolas, no macio fundo de rosa búlgara erguiam-se pontadas de cânfora que o âmbar fazia aderir às roupas de seda, e inclinava-me para beijar a mão da duquesa du Havre-Caumartin respirando o jasmim que pairava na pele ligeiramente linfática, e oferecia o braço à condessa de Barbès-Rochechouart que me capturava no eflúvio de sândalo em que a sua compacta e morena carnação parecia envolvida, e ajudava a baronesa de Mouton-Duvernet a liberar as costas de alabastro do casaco de lontra e uma onda de fúcsia me invadia. Bem sabiam minhas papilas dar um rosto àqueles perfumes que ora madame Odile me fazia examinar abrindo seus frascos cor de opala: já me dedicara ao mesmo exercício no dia anterior ao baile de máscaras dos Cavaleiros do Santo Sepulcro; não havia nome de aristocrata que não adivinhasse sob o dominó bordado. Até que aparecesse ela, tendo no rosto uma pequena máscara de cetim, um véu cobrindo as costas e os seios, à andaluza, e em vão me perguntava quem era, em vão eu a tocava mais que o permitido no baile remexia na memória e aquele perfume jamais imaginado, que continha o perfume de seu corpo como uma ostra detém a pérola. Não sabia nada sobre ela mas me parecia saber tudo naquele perfume, e gostaria de ter um mundo sem nomes, no qual apenas aquele perfume teria bastado como nome e por todas as palavras que poderia dizer-me: aquele perfume que agora eu sabia perdido no labirinto fluido de madame Odile, evaporado na memória, a ponto de não poder recuperá-lo nem relembrá-la quando me acompanhou à estufa das hortênsias. Sob as carícias parecia ora dócil ora violenta, felina. Permitia desvelar partes ocultas, explorar a intimidade do seu perfume, desde que não lhe afastasse a máscara do rosto.

''Afinal, por que tanto mistério?'', exclamei exasperado. ''Diga-me onde e quando poderei revê-la, ou melhor: vê-la!''

''Não queira fazê-lo, monsieur'', respondeu-me. ''Uma ameaça pesa sobre meus dias. Silêncio: lá está!''

Uma sombra encapuzada num dominó roxo aparecera no toucador estilo império.

''Tenho de seguir aquela pessoa'', disse a mulher. ''Esqueça-me. Alguém exerce poderes abomináveis sobre mim.''

E antes que eu pudesse dizer: ''Conte com a minha espada!'' já se afastara precedendo o dominó roxo que deixava na multidão das máscaras um rastro de tabaco oriental. Não sei por qual porta conseguiram afastar-se; inutilmente corri atrás deles, e inutilmente metralhei com perguntas os conhecedores do quem-é-quem em Paris. Sei que não vou ter paz até reencontrar a pista daquele cheiro inimigo e daquele perfume amado, até que um me conduza às pegadas do outro, até o duelo em que abaterei o meu inimigo não me dará o direito de arrancar a máscara que me esconde aquela face.

Há um cheiro inimigo que me bate no nariz todas as vezes que me parece ter encontrado o cheiro da mulher que ando procurando na pista do rebanho, um cheiro inimigo que se mistura ao cheiro dela, e descubro os dentes incisivos caninos pré-molares e já estou espumando de raiva, pego pedras arranco ramos nodosos, se não consigo encontrar com o nariz o cheiro dela ao menos tivesse a satisfação de descobrir a quem pertence este cheiro inimigo que me deixa furioso. O rebanho sofre mudanças de direção bruscas quando toda a corrente vem sobre a gente e num instante sinto bater os maxilares no chão com uma cacetada no crânio, um pontapé me atinge o pescoço e reconheço com o nariz o macho inimigo que identificou em mim o cheiro de sua fêmea e tenta acabar comigo atirando-me contra a rocha, e reconheço nele o cheiro dela e fico furioso levanto sacudo a clava com toda a força até sentir cheiro de sangue, salto em cima dele com todo o meu peso bato em seu crânio com pedras lascadas rochas roladas cabeças de alce aguilhões de osso arpões de chifre, enquanto todas as mulheres fizeram uma roda em volta e aguardam o vencedor. É claro que sou eu a vencer, levanto-me e ando às cegas no meio das mulheres sem encontrar a que procuro, com uma crosta de poeira e sangue não sinto bem os cheiros, é melhor que me firme nas pernas e caminhe um pouco em pé.

Existem alguns dentre nós que pegaram esse costume de andar sem pôr as mãos no chão e conseguem até andar rápido, minha cabeça roda um pouco e levanto as mãos para pendurar-me nos galhos como no tempo em que andava o tempo inteiro nas árvores, mas logo percebo que consigo manter bem o mesmo equilíbrio lá de cima, o pé se achata no chão e as pernas vão para a frente embora não dobre os joelhos. Ficando com o nariz suspenso no ar certamente as coisas que se perdem são tantas: informações que se podem obter fuçando a terra com todos os vestígios de animais que por ali passaram, esfregando o focinho no resto do rebanho, especialmente nas fêmeas. Mas ganha-se algo: o nariz mais enxuto que sente cheiros distantes trazidos pelo vento os frutos das árvores os ovos dos pássaros nos ninhos. E os olhos ajudam o nariz, pegam as coisas pelo ar, as folhas do sicômoro, o rio, a silhueta azulada da floresta, as nuvens.

Acabo saindo para respirar a manhã a rua a neblina, só dá para ver as latas de lixo com espinhas de peixe meias de náilon, na esquina está aberta a loja de um paquistanês que vende abacaxis, chego a uma parede de neblina eis o Tâmisa. Examinando bem do parapeito se vê a sombra dos caçadores habituais percebe-se a lama de sempre a gasolina, mais adiante começam as luzes e a fumaça de Southwark. E ponho-me a testar a neblina como acompanhando aquela harmonização das guitarras de In the morning I'll be dead que não me sai da cabeça.

Com uma dor de cabeça terrível saio da perfumaria; gostaria de precipitar-me para o endereço de Passy que arranquei de madame Odile entre muitas alusões obscuras e conjecturas; mas grito para o cocheiro: "Rápido para o Bois, Auguste, e num trote acelerado!". E, assim que a carruagem arranca, respiro profundamente para livrar-me de todos os eflúvios que se misturaram em minha cabeça, saboreio o cheiro de couro das cadeiras e dos acabamentos, o cheiro do cavalo de seu esterco de sua urina fumegantes, torno a sentir os mil cheiros solenes ou plebeus que voam nos ares de Paris, e só quando os sicômoros do Bois de Boulogne me submergem em sua folhagem e a rega dos jardineiros puxa dos trevos o cheiro da terra, ordeno a Auguste que volte a Passy.

A porta do edifício está semicerrada. Há gente que entra, homens de cartola, mulheres com véus. Já no átrio sou alcançado por um cheiro pesado de flores, como de vegetação podre; entro pelo meio das velas de cera a queimar as *corbeilles* de crisântemos os arranjos de violetas as coroas de asfódelos; no caixão aberto forrado de cetim não posso reconhecer o rosto recoberto por um véu e envolto em faixas como se na decomposição dos traços de sua beleza continuasse a recusar a morte, mas reconheço o fundo, o eco do perfume que não se parece com nenhum outro, já misturado com o cheiro da morte como se tivessem sido sempre inseparáveis.

Gostaria de interrogar alguém mas são todos desconhecidos, talvez estrangeiros; paro ao lado de um senhor de idade que tem uma aparência mais estrangeira que os outros, um senhor de cara olivácea, usando um fez vermelho e casaca preta e que está meditando junto ao caixão; digo em voz baixa mas distintamente, sem me dirigir a ninguém: ''E dizer que à meia-noite dançava e era a mais bonita da festa...''.

O homem com o fez não se vira e sussurra: ''O que está dizendo, senhor? À meia-noite já estava morta''.

De pé com o nariz ao vento chegam sinais menos precisos porém mais carregados de sentido e suspeitas, sinais que talvez sejam ignorados quando se anda com o nariz no chão pois olhamos para outro lado, como este cheiro que vem das rochas do barranco onde nós do rebanho jogamos os animais esquartejados, os miúdos estragados e onde voam em círculos os abutres. E o cheiro que eu seguia perdeu-se lá em cima, é lá de cima que, conforme sopra o vento, reaparece junto com o fedor dos cadáveres estripados e com o bafo dos chacais que os devoram ainda quentes e misturado com o cheiro do sangue que enxuga nas rochas ao sol.

* * *

E quando volto lá em cima para procurar os outros porque me parecia ter desanuviado a cabeça na neblina, e que talvez agora seria capaz de reencontrá-la de entender quem era, acontece que lá em cima não ficou mais ninguém, quem sabe foram embora todos eles enquanto eu descera ao Embankment, todos os quartos estão vazios as latas de cerveja e meus tambores, e a catinga do aquecedor se tornou insuportável, rodo todos os cômodos e há um fechado, justamente aquele do aquecedor que se ouve resfolegar tão pesado pelas frestas da porta que provoca náuseas, e começo a dar empurrões até a porta ceder, e dentro está cheio de um gás negro espesso asqueroso do chão ao teto, e no chão a coisa que vejo primeiro antes de contorcer-me num ataque de vômito é a forma branca comprida deitada com o rosto oculto nos cabelos e ao puxá-la para fora pelas pernas rígidas sinto o seu cheiro no meio daquele fedor asfixiante, o seu cheiro que tento seguir e distinguir na ambulância no pronto-socorro nos odores de desinfetantes e de líquidos que pingam das mesas de mármore da morgue e o ar que fica impregnado dele especialmente porque fora o tempo está úmido.

SOB O SOL-JAGUAR

Saborear, *em geral, exercitar o sentido do gosto, receber sua impressão, mesmo sem vontade explícita ou sem reflexão posterior. O provar se faz mais determinante para degustar e saber o que se saboreia; ou pelo menos denota que da impressão vivenciada temos um sentimento reflexo, uma idéia, um princípio de experiência. Assim,* sapio, *para os latinos tinha o valor de sentir retamente; e portanto o sentido do italiano* sapere (*saber*), *que equivale a doutrina reta, e a predominância da sapiência sobre a ciência.*

Niccolò Tommaseo,
Dizionario dei sinonimi

Oaxaca se pronuncia "Uarraca". O hotel onde descemos havia sido, na origem, o convento de Santa Catalina. A primeira coisa que notamos foi um quadro, numa saleta que conduzia ao bar. O bar se chamava Las Novicias. O quadro era uma grande tela escura que representava uma jovem freira e um velho padre, de pé, um ao lado do outro, as mãos ligeiramente afastadas do corpo, quase tocando-se. Figuras um tanto rígidas para um quadro do Setecentos; uma pintura com uma graça meio rústica própria da arte colonial, mas que transmitia uma sensação perturbadora, como um espasmo de sofrimento contido.

A parte inferior do quadro era ocupada por uma legenda comprida, em densas linhas de uma escrita cursiva angulosa, branco sobre negro. Ali eram celebradas devotamente vida e morte das duas personagens, que tinham sido o capelão e a abadessa do convento (ela, de família nobre, lá entrara como noviça aos dezoito anos). A razão pela qual achavam-se retratados juntos era o extraordinário amor (a palavra na pia prosa espanhola vinha carregada de seu halo ultraterreno) que havia unido por trinta anos a abadessa e seu confessor, um amor (a palavra em sua acepção espiritual sublimava mas não cancelava a emoção corpórea) tal que, ao morrer o padre, a abadessa, vinte anos mais jovem, no intervalo de um dia adoecera e, literalmente, havia expirado de amor (a palavra queimava com uma verdade em que todos os significados convergem) para reencontrá-lo no céu.

Olivia, que sabia o espanhol melhor que eu, ajudou-me a decifrar a história, sugerindo-me a tradução de algumas expressões obscuras; e foram essas as únicas palavras que trocamos durante a leitura e depois, como se nos encontrássemos diante de um drama, ou de uma felicidade, que tornava qualquer comentário fora de propósito; algo que nos intimidava, ou melhor, nos atemorizava, comunicava-nos uma espécie de mal-estar. Assim trato de descrever o que me acontecia: o sentido de uma carência, de um vazio devorador; não posso adivinhar o que estivesse pensando Olivia, dado que silenciava.

Depois Olivia falou. Disse: "Gostaria de comer *chiles en nogada*". E com passos de sonâmbulos, como pouco seguros de tocar o chão, dirigimo-nos ao restaurante.

Como acontece nos melhores momentos da vida de um casal, eu havia reconstruído instantaneamente o percurso dos pensamentos de Olivia, sem que fosse necessário mais uma palavra: e isso porque a mesma cadeia de associações se desenrolara também na minha cabeça, embora de modo mais lento e nebuloso, tanto que sem ela não teria podido ficar consciente disso.

Nossa viagem pelo México já durava mais de uma semana. Poucos dias antes, em Tepotzotlán, num restaurante que alinhava suas mesas entre as laranjeiras de um outro claustro de convento, havíamos saboreado comidas preparadas (pelo menos assim nos tinham dito) seguindo as antigas receitas das freiras. Tínhamos comido um *tamál de elote*, isto é, uma delicada farinha de milho doce com carne de porco moída e pimenta muito picante, tudo cozido no vapor com uma palha de milho; depois *chiles en nogada*, que eram pimentas vermelho-escuras, meio enrugadas, nadando num molho de nozes cuja aspereza picante e o fundo amargo se diluíam numa consistência cremosa e adocicada.

Daquele momento em diante a idéia das freiras evocava em nós os sabores de uma cozinha elaborada e ousada, tencionando fazer vibrar as notas extremas dos sabores e associá-las em modulações, acordes e sobretudo dissonâncias que se impusessem como uma experiência sem confrontos, um ponto de não-retorno, uma possessão absoluta exercida sobre a receptividade de todos os sentidos.

O amigo mexicano que nos acompanhara naquele passeio, Salustiano Velazco, ao responder a Olivia que se informava sobre as receitas da gastronomia monacal, baixava a voz como se confiasse segredos indelicados. Esse era o seu modo de falar; ou melhor, um de seus modos: as informações de que Salustiano era pródigo (sobre a história e os costumes e a natureza do país eram de uma erudição inexaurível) eram enunciadas com ênfase como proclamações de guerra ou insinuadas com malícia como se fossem carregadas de quem sabe quais mistérios subentendidos.

Olivia tinha observado que pratos como esses exigiam horas e horas de trabalho, e antes ainda uma longa série de experiências e aperfeiçoamentos. "Mas passavam os dias na cozinha, essas freiras?", perguntara, imaginando vidas inteiras dedicadas à busca de novas misturas de ingredientes e variações nas dosagens, à atenta paciência combinatória, à transmissão de um saber minucioso e pontual.

"*Tenían sus criadas*, tinham suas empregadas", respondera Salustiano e nos explicara como as filhas das famílias nobres entravam para o convento levando junto suas próprias servas; e assim, para satisfazer os caprichos veniais da gula, os únicos que lhes eram concedidos, as freiras podiam contar com um enxame alegre e infatigável de executoras. E quanto a elas, só tinham que conceber e predispor e confrontar e corrigir receitas que exprimissem suas fantasias prisioneiras entre aquelas muralhas: fantasias de mulheres refinadas, inflamadas, introversas e complicadas, mulheres com necessidades do absoluto, com leituras que falavam de êxtases e transfigurações, martírios e suplícios, mulheres com exigências contrastantes no sangue, genealogias em que a descendência dos conquistadores se misturava com a das princesas índias ou das escravas, mulheres com lembranças infantis de frutas e aromas de uma vegetação suculenta e densa de fermentos, apesar de alimentada por aqueles altiplanos ensolarados.

Tampouco podia-se esquecer a arquitetura sacra que servia de fundo para as vidas daquelas religiosas, movida pelo mesmo impulso na direção das coisas extremas que conduzia à exasperação dos sabores ampliada pelo ardor dos *chiles* mais picantes. Assim como o barroco colonial não punha limites à profusão dos ornamentos e ao exagero, sendo a presença de Deus identificada num delírio minuciosamente calculado de sensações excessivas e transbordantes, também o ardor das quarenta e duas variedades indígenas de pimentas sabiamente escolhidas para cada prato abria as perspectivas de um êxtase flamejante.

Em Tepotzotlán, tínhamos visitado a igreja que os jesuítas haviam construído para seu seminário no Setecentos (e, recém-inaugurada, foram obrigados a abandoná-la, expulsos para sempre do México): uma igreja-teatro, inteiramente em ouro e cores vivas, num barroco dançante e acrobático, cheia de anjos esvoaçantes, guirlandas, troféus de flores, conchas. Certamente os jesuítas estavam decididos a rivalizar com o esplendor dos astecas, as ruínas de cujos templos e palácios — o paço de Quetzalcóatl! — se achavam sempre presentes para lembrar um domínio exercido com os efeitos sugestivos de uma arte transfiguradora e grandiosa. Havia um desafio no ar, nesse ar seco e rarefeito de dois mil metros: o antigo desafio entre as civilizações da América e da Espanha na arte de encantar os sentidos com seduções alucinantes, e da arquitetura a disputa passava para a cozinha, onde as duas civilizações haviam se fundido ou talvez onde a dos vencidos triunfara, poderosa com os temperos nascidos em sua terra. Por meio de brancas mãos de noviças e mãos morenas de convertidas, a cozinha da nova civilização hispano-indígena tornara-se também campo de batalha entre a ferocidade agressiva dos antigos deuses do altiplano e a superabundância sinuosa da religião barroca...

No menu do jantar não encontramos *chiles en nogada* (de uma aldeia para outra o léxico gastronômico variava propondo sempre termos novos para registrar e novas sensações para distinguir), mas *guacamole* (uma pasta de abacate com cebolas comida com *tortillas* crocantes que se quebram em mil pedaços e são mergulhadas como colheres no creme denso: a gordurosa maciez do *aguacate* — o fruto nacional mexicano difundido pelo mundo sob o nome deturpado de *avocado* — acompanhada e sublinhada pela secura angulosa da *tortilla*, que por sua vez pode ter tantos sabores fingindo não ter nenhum), depois *guajolote con mole poblano* (peru com molho de Puebla, dentre muitos *moles* um dos mais nobres — era servido à mesa de Montezuma —, mais trabalhosos — são necessários ao menos três dias para prepará-lo — e mais complicados — pois exige quatro variedades diferentes de *chiles*, alho, cebola, canela, cravo-da-índia, pimenta-do-reino, sementes de cominho, de coriandro e de gergelim, amêndoas, passas, amendoim e uma pitada de chocolate) e por fim *quesadillas* (que seriam outro tipo de *tortilla*, em que o queijo é incorporado à massa e guarnecido com carne moída e feijões fritos).

Os lábios de Olivia, bem no meio da mastigação, moviam-se devagar quase até fechar, mas sem interromper totalmente a continuidade do movimento, que espreguiçava como não querendo deixar fugir um eco interior, enquanto seu olhar fixava-se numa atenção sem objeto aparente, feito um alarme. Era uma contração especial do rosto que já observara nela durante as refeições, quando havíamos iniciado nossa viagem pelo

México: uma tensão que eu seguia na propagação dos lábios para as narinas, ora dilatadas ora contraídas. (O nariz tem uma plasticidade muito restrita — sobretudo um nariz harmônico e delicado como o de Olivia — e todo imperceptível movimento destinado a expandir a amplitude das narinas no sentido longitudinal torna-as de fato mais finas, ao passo que o correspondente movimento reflexo que acentua seu tamanho acaba sendo uma espécie de retração de todo o nariz no sentido da superfície do rosto.)

Do que eu disse daria para acreditar que Olivia, ao comer, se trancasse em si mesma mimetizando-se no percurso interior de suas sensações; na realidade, o desejo que ela inteira exprimia era o de comunicar-me o que sentia: comunicar-se comigo por meio dos sabores ou comunicar com os sabores por meio de um conjunto duplo de papilas, o seu e o meu.

"Sente? Conseguiu perceber?", perguntava com uma espécie de ânsia, como se naquele preciso momento nossos incisivos tivessem triturado um bocado de composição idêntica e a mesma porção de aroma houvesse sido captada pelos receptores da minha língua e da sua. "É o *xilantro*? Não sente o *xilantro*?", acrescentava, mencionando uma erva que ainda não tínhamos conseguido identificar com segurança a partir do nome local (talvez o aneto?) e da qual bastava um fiapo no bocado que estávamos mastigando para transmitir às narinas uma comoção docemente pungente, como uma embriaguez impalpável.

Essa necessidade que Olivia tinha de envolver-me em suas emoções me agradava muito, pois me demonstrava quanto lhe era indispensável e como para ela os prazeres da existência só eram apreciados se partilhados por nós. É só na unidade do casal — pensava comigo — que nossas subjetividades individuais encontram amplificação e completitude. Precisava ainda mais reiterar tal convicção, pois desde o início da viagem mexicana o entendimento físico entre nós estava atravessando uma fase de rarefação quase de eclipse: fenômeno certamente momentâneo e não preocupante por si, capaz de entrar nos altos e baixos normais aos quais está sujeita, em períodos longos, a vida de qualquer casal. E eu não podia deixar de notar que certas manifestações da carga vital de Olivia, certos impulsos ou demoras ou ansiedades ou sobressaltos, continuassem a ocorrer debaixo de meus olhos sem perder nada de sua intensidade, com uma única variação relevante: ter como teatro não mais a cama de nossos abraços e sim uma mesa servida.

Nos primeiros dias, esperava que o fogo crescente do paladar não tardasse a comunicar-se a todos os sentidos. Enganava-me: certamente aquela cozinha era afrodisíaca, mas em si e para si (creio ter entendido isso e o que digo vale para nós naquele momento; não sei para outros ou para nós mesmos se nos encontrássemos em outro estado de espírito), ou seja, estimulava desejos que buscavam satisfação só na própria esfera de sensações que os fizera nascer, portanto comendo sempre novos pratos que relançassem e ampliassem os mesmos desejos.

Assim, estávamos na melhor situação para imaginar como podia ter crescido o amor entre a abadessa e o capelão: um amor que podia ter sido, aos olhos do mundo e deles próprios, perfeitamente casto e ao mesmo tempo de uma carnalidade sem limites naquela experiência dos sabores alcançada por meio de uma cumplicidade secreta e sutil.

Cumplicidade: a palavra, tão logo a pensei, referindo-a não somente à freira e ao padre mas a Olivia e a mim, libertou-me. Porque se era cumplicidade na paixão quase obsessiva que a subjugara o que Olivia buscava, bem, então essa cumplicidade implicava que não se perdesse, como temia cada vez mais, uma paridade entre nós. De fato, parecia-me que nos últimos dias Olivia, em sua exploração gustativa, queria colocar-me numa posição subalterna, como uma presença necessária sim mas submissa, obrigando-me a funcionar como testemunha em sua relação com a comida ou como confidente ou então complacente alcoviteiro. Expulsei este pensamento importuno, que não sei como aflorara em minha mente: na realidade, nossa cumplicidade não podia ser mais plena justamente porque era diferente o modo pelo qual vivíamos a mesma paixão em harmonia com nossos temperamentos: Olivia mais sensível aos matizes perceptivos e dotada de uma memória mais analítica onde toda lembrança permanecia distinta e inconfundível; eu, mais levado a definir verbal e conceitualmente as experiências, a traçar a linha ideal da viagem que tinha lugar dentro de nós simultaneamente à viagem geográfica.

Esta era justamente uma conclusão à qual havia chegado e que Olivia imediatamente fizera sua (ou talvez a idéia fora sugerida por Olivia e eu nada fizera além de reapresentá-la com palavras minhas): a verdadeira viagem, enquanto introjeção de um "exterior" diferente do nosso habitual, implica uma mudança total da alimentação, engolir o país visitado, na sua fauna e flora e na sua cultura (não só as diferentes práticas da cozinha e do tempero mas o uso de diversos instrumentos com os quais se amassa a farinha ou se mexe a panela), fazendo-o passar pelos lábios ou pelo esôfago. Este é o único modo de viajar que faz sentido hoje, quando tudo o que é visível pode ser visto pela televisão sem sair da poltrona de cada um. (E não se argumente que o mesmo resultado é obtido freqüentando os restaurantes exóticos de nossas metrópoles: eles falseiam tanto a realidade da cozinha a qual pretendem representar que, do ponto de vista da experiência cognitiva que daí se pode extrair, equivalem não a um documentário mas a uma reconstrução ambiental filmada num estúdio cinematográfico.)

Isso não impede que em nossa viagem Olivia e eu víssemos tudo aquilo que tem de ser visto (certamente não pouca coisa, como quantidade e qualidade). Para o dia seguinte, estava marcada a visita às escavações de Monte Albán; o guia veio pegar-nos pontualmente no hotel com o carro. No campo ensolarado e árido crescem os agaves para o *mezcal* e a tequila, os *nopales* (que chamamos de figos-da-índia), os cactos cereus cheios de espinhos, os jacarandás com flores azuis. A estrada sobe entre as montanhas. Monte Albán, entre as alturas que circundam um vale, é um complexo de ruínas de templos, baixos-relevos, grandiosas escadarias, plataformas para os sacrifícios humanos. O horror, o sagrado e o mistério são absorvidos pelo turismo, que nos dita comportamentos predeterminados, modestos sucedâneos daqueles ritos. Contemplando esses degraus tratamos de imaginar o sangue quente espirrando dos peitos rasgados pelas lâminas de pedra dos sacerdotes...

Três civilizações sucederam-se em Monte Albán deslocando sempre as mesmas pedras: os zapotecas destruindo e refazendo as obras olmecas, e os mistecas, os trabalhos zapotecas. Os calendários das antigas civilizações mexicanas, esculpidos nos baixos-relevos, respondem a uma concepção do tempo cíclica e trágica: a cada cinqüenta e dois anos o universo acabava, morriam os deuses, os templos eram destruídos, cada coisa celeste ou terrena mudava de nome. Talvez os povos que a história distingue como ocupantes sucessivos desses territórios não passavam de um único povo, cuja continuidade jamais se rompeu, mesmo através de uma história de massacres que os baixos-relevos representam. Eis as aldeias conquistadas, com o nome escrito em hieroglifos, e o deus da aldeia de cabeça para baixo; eis os prisioneiros de guerra acorrentados, as cabeças separadas das vítimas...

O guia a quem nos confiou a agência turística, um homenzarrão chamado Alonso, com traços achatados como as figuras olmecas (ou mistecas? ou zapotecas?), nos ilustra, com grande exuberância mímica, os famosos baixos-relevos conhecidos como *Los danzantes*. Das figuras esculpidas só algumas representariam efetivamente dançarinos com as pernas em movimento (Alonso executa alguns passos de dança); outros poderiam ser astrônomos que erguem uma das mãos em forma de pala para perscrutar as estrelas (Alonso faz pose de astrônomo); mas na maior parte representam mulheres em posição de parto (Alonso mima). Entendemos que o templo era destinado a esconjurar os partos difíceis; os baixos-relevos talvez fossem imagens votivas. Também a dança, de resto, servia para facilitar os partos por mimese mágica, especialmente quando a criança se apresentava em pé. (Alonso refaz a mimese mágica.) Um baixo-relevo representa uma cesariana com partes de útero e trompas de Falópio. (Alonso, mais brutal que nunca, mima a anatomia feminina inteira, para provar que um corte cirúrgico idêntico associava os nascimentos e as mortes.)

Tudo na gesticulação de nosso guia adquiria um sentido truculento, como se os templos dos sacrifícios projetassem suas sombras em cada ato e pensamento. Cada figura dos baixos-relevos parecia ligada àqueles ritos sangüinários: estabelecida a data mais propícia contemplando as estrelas, o sacrifício era acompanhado pelo tripúdio das danças; e até os nascimentos pareciam não ter outro fim senão abastecer com novos soldados as guerras para a captura das vítimas. Também onde são representadas figuras que correm ou lutam ou jogam bola não se trata de pacíficas disputas entre atletas mas de prisioneiros de guerra obrigados a competir para decidir a quem cabe subir para o altar em primeiro lugar.

"Quem perdia nos combates era sacrificado?", pergunto.

"Não, quem vencia!" E o rosto de Alonso se ilumina. "Ter o peito rasgado pela faca de obsidiana era uma honra!" E num crescendo de patriotismo ancestral, assim como elogiou a excelência do saber científico dos povos antigos, agora o bom descendente dos olmecas sentia-se na obrigação de exaltar a oferta de um coração humano palpitante, para que a aurora volte a iluminar o mundo todas as manhãs.

Foi então que Olivia perguntou: “Mas o que faziam com o corpo da vítima, depois?”.

Alonso parou.

“Sim, os membros, as vísceras”, insistiu Olivia, “oferecidas aos deuses, está certo, mas na prática, onde iam parar? Queimavam-nas?”

Não, não eram queimadas.

“E então? Uma oferenda aos deuses certamente não podia ser soterrada, abandonada para apodrecer...”

“*Los zopilotes*”, disse Alonso, “os urubus.” Eram eles que limpavam os altares e carregavam para o céu as oferendas.

Os urubus... “Sempre?”, perguntou de novo Olivia, com uma insistência que não consigo explicar.

Alonso negaceia, trata de mudar de assunto, tem pressa em mostrar-nos as passagens que ligavam as casas dos sacerdotes aos templos, onde eles faziam sua aparição com o rosto coberto de máscaras terríveis. O entusiasmo pedagógico do cicerone tinha algo de irritante, deixando a impressão de que nos dava uma lição simplificada para fazê-la entrar em nossas pobres cabeças de profanos, enquanto é claro que ele sabia muito mais, coisas que guardava para si e evitava dizer-nos. Talvez fosse isso que Olivia tivesse percebido e que num certo ponto mergulhou-a num silêncio contrariado que durou todo o restante da visita às escavações e depois no jipe sacolejante que nos levava de volta para Oaxaca.

Procurava, durante o percurso cheio de curvas, interceptar o olhar de Olivia, sentada na minha frente; mas, por causa dos saltos do jipe ou do desnível dos assentos, percebi que meu olhar se detinha não em seus olhos mas nos dentes (estava com os lábios entreabertos numa expressão absorta), dentes que pela primeira vez me acontecia de ver não como o raio luminoso do sorriso mas como os instrumentos mais adequados à própria função: enterrar-se na carne, rasgar, triturar. E como se busca ler o pensamento de uma pessoa na expressão dos olhos, agora eu observava esses dentes cortantes e fortes e sentia neles um desejo contido, uma espera.

Voltando ao hotel e aproximando-nos do salão (a ex-capela do convento), que tínhamos de atravessar para alcançar a ala em que ficava o nosso quarto, chegou até nós um barulho parecido ao de uma cascata que escorre e salta e borbulha através de mil volteios e redemoinhos e esguichos. Quanto mais nos aproximávamos mais o fragor homogêneo ia sendo fragmentado num conjunto de chilreios, gorjeios, pios e assobios como se uma nuvem de pássaros batesse asas num viveiro. Do umbral (a sala era alguns degraus mais baixa em relação ao corredor) apareceu-nos um mar de chapeuzinhos primaveris nas cabeças de senhoras sentadas ao redor de mesas enfeitadas.

Tinha lugar no país inteiro a campanha para a eleição do novo presidente da República: a mulher do candidato oficial oferecera um chá de proporções imensas às mulheres dos notáveis de Oaxaca. Sob a ampla abóbada vazia, trezentas senhoras mexicanas conversavam ao mesmo tempo: o grandioso evento acústico que nos havia subjugado imediatamente era produto de suas vozes misturadas ao tilintar de xícaras e colherinhas e facas que cortavam fatias de torta. Um gigantesco retrato em cores de uma senhora com o rosto redondo, cabelos pretos e lisos repuxados, um vestido azul do qual só se via o colarinho abotoado, enfim, não muito diferente da efígie oficial do presidente Mao Tsé-tung, dominava a assembléia.

Para chegar ao pátio e dali alcançar nossa escadaria tínhamos de abrir espaço entre as mesinhas da recepção; já estávamos perto da saída quando de uma das mesas do fundo da sala uma das poucas figuras masculinas presentes se ergueu e veio ao nosso encontro de braços para cima. Era o nosso amigo Salustiano Velazco, personalidade representativa do novo staff ligado ao presidente e nessa condição participante das fases mais delicadas da campanha eleitoral. Não o víamos desde que deixáramos a capital, e para manifestar-nos com toda a sua exuberância a satisfação do reencontro e informar-se das últimas etapas de nossa viagem (e talvez também para escapar um pouco daquela atmosfera em que o predomínio triunfal das mulheres punha em crise a sua cavalheiresca certeza na supremacia masculina) deixou seu lugar de honra na festa para acompanhar-nos ao pátio.

Começou, mais que a informar-nos sobre o que tínhamos visto, a indicar aquilo que certamente havíamos deixado de ver nos lugares por onde passáramos e que teríamos podido ver somente se tivéssemos ido com ele: um tipo de conversa que os conhecedores apaixonados de um país sentem-se obrigados a usar com os amigos visitantes, mas que de qualquer modo consegue acabar com o prazer de quem voltou de uma viagem todo orgulhoso com suas pequenas ou grandes experiências. O clamor festivo do gineceu oficial chegava até nós no pátio e abafava pelo menos metade das palavras ditas entre nós e ele, e assim eu estava sempre em dúvida se ele não nos estava recriminando por não termos visto coisas que acabáramos de lhe dizer que tínhamos visto.

''E hoje estivemos em Monte Albán...'', apresseime em comunicar-lhe erguendo a voz, ''...as escadarias, os baixos-relevos, os altares dos sacrifícios...''

Salustiano levou a mão à boca para depois levantá-la no alto, gesto que nele denunciava uma emoção muito forte para ser expressa com palavras. Começou a dar-nos detalhes arqueológicos e etnográficos que gostaria de ter podido seguir frase por frase, mas que se perdiam no ribombar do ágape. Pelos gestos e palavras que conseguia captar, ''sangue... obsidiana... divindade solar...'', eu entendia que ele estava falando dos sacrifícios humanos e o fazia com um misto de participação admirada e de horror sacro, atitude que se diferenciava da assumida pelo grosseiro cicerone de nosso passeio por uma consciência maior sobre as implicações culturais que ali se achavam envolvidas.

Foi então que Olivia, mais rápida que eu para acompanhar a fala de Salustiano, interrompeu perguntando-lhe algo; entendi que lhe repetia a mesma pergunta que fizera durante a tarde a Alonso, ''o que os urubus não carregavam... onde ia parar?''.

Os olhos de Salustiano dirigiram a Olivia cintilações de conivência e aí também eu compreendi a intenção que havia por trás da pergunta, tanto mais que Salustiano assumiu seu tom confidencial, cúmplice, mas parecia que justamente porque mais baixas as palavras dele superavam com mais facilidade a barreira de ruídos que nos dividia.

"Talvez... Os sacerdotes... Também isso fazia parte do rito... Na verdade sabemos pouco a respeito... Eram cerimônias secretas... Sim, a refeição ritual... O sacerdote assumia as funções do deus... portanto a vítima, alimento divino...".

Então o ponto aonde Olivia queria chegar era fazê-lo admitir isso? Continuava a insistir: "Mas como acontecia, a refeição?".

"Repito, são apenas suposições... Parece que também os príncipes, os guerreiros participavam... A vítima já era parte do deus, transmitia a força divina..." Nessa altura, Salustiano mudava de tom, tornava-se orgulhoso, dramático, exaltava-se: "Só o guerreiro que havia capturado o prisioneiro sacrificado não podia tocar a carne dele... Ficava isolado, chorando...".

Olivia ainda não parecia satisfeita: "Mas essa carne, para comê-la, a cozinha, a cozinha sagrada, o modo de prepará-la, os sabores, sabe-se algo a respeito?". Salustiano tinha ficado pensativo. Os comensais haviam redobrado os clamores e Salustiano agora parecia estar hipersensível ao barulho: batia com o dedo nas orelhas, fazia sinal de que não podia prosseguir com tanto barulho. "Sim, devia haver regras... Certamente era um alimento que não podia ser ingerido sem um cerimonial específico... as honras que merece... por respeito aos jovens sacrificados que eram jovens valorosos... por respeito aos deuses... carne que não se pode comer de qualquer maneira, como um alimento qualquer... E o sabor..."

"Dizem que não é boa para comer...?"

"Um sabor estranho, dizem..."

"Temperos terão sido necessários... coisas fortes..."

"Talvez aquele sabor tivesse que ser oculto... Todos os sabores deviam ser reunidos para cobrir aquele...".

E Olivia: "Mas os sacerdotes... sobre a cozinha... não deixaram escrito... transmitiram?".

Salustiano balançava a cabeça: "Mistério... a vida deles era cercada de mistérios...".

E Olivia, Olivia parecia agora ser ela quem sugeria a ele: "Talvez aquele gosto aparecesse de qualquer maneira... mesmo no meio de outros sabores...".

Salustiano falava com os dedos pousados nos lábios como para filtrar o que estava dizendo: "Tratava-se de uma cozinha sacra... devia celebrar a harmonia dos elementos alcançada com o sacrifício, uma harmonia terrível, flamejante, incandescente...".

Silenciou de repente, como sentindo ter ido longe demais e como se a recordação do banquete lhe tivesse lembrado o dever, apressou-se em desculpar-se por não poder ficar mais conosco, pois devia retomar seu lugar à mesa.

Esperando que caísse a noite, sentamo-nos num dos cafés sob os pórticos do *zócalo*, a pracinha quadrada que é o coração de qualquer cidade antiga da colônia, verde de árvores baixas bem podadas chamadas *almen-*

dros mas que não se parecem nada com as amendoeiras. As bandeirinhas de papel e as faixas que saudavam o candidato oficial faziam de tudo para comunicar ao *zócalo* um ar de festa. As boas famílias de Oaxaca passeavam sob os pórticos. Os hippies americanos esperavam a velha que fornecia o *mezcal*. Vendedores ambulantes andrajosos espalhavam no chão panos coloridos. De uma praça vizinha chegava o eco dos megafones de um desaparecido comício de oposição. Agachadas no chão, mulheres gordas fritavam *tortillas* e ervas.

No claustro, no meio da praça, a orquestra tocava trazendo-me lembranças tranqüilizadoras das noites numa Europa provinciana e familiar que tivera o tempo de viver e esquecer. Mas a lembrança era como um *trompe l'oeil* e por pouco que observasse melhor me dava um sentido de distância multiplicado, no espaço e no tempo. Os músicos, vestidos de negro e engravatados, com as escuras caras índias impassíveis, tocavam para turistas multicoloridos e relaxados, tipo habitantes de um verão eterno, comitivas de velhos e velhas falsos jovens em todo o esplendor de suas dentaduras, e por grupos de jovens encurvados e meditabundos, como à espera de que a calvície viesse embranquecer suas barbas louras e os cabelos abundantes, envoltos em panos rústicos, cobertos de sacos e mochilas como nos antigos calendários apareciam as figuras alegóricas do inverno.

"Talvez os tempos tenham chegado ao fim, o sol se cansou de aparecer, Cronos sem vítimas para devorar morre exangue, as épocas e as estações estão de pernas para o ar."

"Talvez a morte do tempo só diga respeito a nós", respondeu Olivia, "nós que nos devoramos fingindo não saber de nada, fazendo de conta que não sentimos mais os sabores..."

"Quer dizer que os sabores... que aqui precisam de sabores mais fortes pois sabem... porque aqui comiam..."

"Tal qual entre nós ainda hoje... Só que nós não sabemos mais, não ousamos olhar, como faziam eles... para eles não havia mistificações, o horror estava ali, sob os próprios olhos, comiam até que sobrasse um osso para limpar, e por isso os sabores..."

"Para esconder *aquele* sabor?", disse eu, retomando a cadeia das hipóteses de Salustiano.

"Talvez não se pudesse, não se *devesse* ocultá-lo... Caso contrário era como não comer aquilo que se comia... Quem sabe os outros sabores tinham a função de sublinhar aquele sabor, de dar-lhe um contraste digno, de honrá-lo..."

Diante de tais palavras, senti de novo necessidade de olhar nos dentes dela, conforme já me ocorrera na descida de jipe. Mas, naquele momento, de seus lábios surgiu a língua úmida de saliva, e logo se retraiu, como se ela estivesse saboreando algo mentalmente. Compreendi que Olivia já estava imaginando o menu do jantar.

Abria-se, esse menu — conforme nos foi oferecido por um restaurante que encontramos entre casas baixas com grades de ferro encurvadas —, com uma bebida rosada servida num copo de vidro soprado à mão: *sopa de camarones*, picante além dos limites por causa de um tipo de *chiles* que até então não havíamos experimentado, talvez os famosos *chiles jalapeños*. Depois *cabrito*, cabrito assado, do qual cada bocado provocava surpresa porque os dentes ora encontravam um pedaço crocante ora um que se desmanchava na boca.

"Não come?", perguntou-me Olivia, que parecia concentrada somente em apreciar o seu prato e estava como de costume extremamente atenta, ao passo que eu permanecera absorto observando-a. Era a sensação de seus dentes em minha carne que estava imaginando, e sentia a sua língua erguer-me contra a abóbada palatal, envolver-me em saliva, depois empurrar-me sob a ponta dos caninos. Estava sentado ali na frente dela mas ao mesmo tempo me parecia que uma parte de mim ou eu inteiro estivesse contido em sua boca, triturado, dilacerado fibra por fibra. Situação não completamente passiva, pois enquanto era mastigado por ela sentia também que agia sobre ela, transmitia-lhe sensações que se propagavam das papilas da boca para todo o corpo, que cada vibração sua era provocada por mim: era uma relação recíproca e completa que nos envolvia e arrastava.

Recompus-me; recompusemo-nos. Degustamos com atenção a salada de tenras folhas de figueira-da-índia fervidas (*ensalada de nopalitos*) temperada com alho, coriandro, pimenta, óleo e vinagre; depois o róseo e cremoso doce de *maguey* (variedade de agave), tudo acompanhado por uma garrafa de tequila *con sangrita* e seguido de café com canela.

Mas essa relação estabelecida entre nós exclusivamente por meio da comida, a ponto de não se identificar em outra imagem além de uma refeição, essa relação que em minhas fantasias eu fazia corresponder aos mais profundos desejos de Olivia, na realidade não lhe agradava de jeito nenhum e o seu aborrecimento havia de manifestar-se ainda naquele jantar.

"Como você é chato, monótono", começou a dizer, retomando uma polêmica contra meu temperamento pouco extrovertido e meu costume de confiar inteiramente a ela a tarefa de manter viva a conversação, polêmica que se reacendia sobretudo quando nos encontrávamos frente a frente numa mesa de restaurante, com libelos articulados em tópicos de acusação nos quais tinha de admitir fundamentos de verdade mas em que também identificava as razões basilares de nossa coesão enquanto casal: isto é, que Olivia via e sabia captar e isolar e definir rapidamente muito mais coisas que eu e por isso minha relação com o mundo passava essencialmente através dela. "Você está mergulhado em si mesmo, incapaz de participar do que o circunda, de dedicar-se ao próximo, sem jamais um impulso de entusiasmo pessoal e sempre pronto a esfriar o dos outros, desencorajador, indiferente", e ao inventário de meus defeitos dessa vez acrescentou um adjetivo novo ou capaz de adquirir aos meus ouvidos um significado novo: "insípido!".

Pronto, era insípido, pensei, e a cozinha mexicana com toda a sua audácia e fantasia era necessária para que Olivia pudesse alimentar-se de mim com satisfação; os sabores mais acesos eram o complemento, ou melhor, o meio de comunicação indispensável como um alto-falante que amplia os sons, para que Olivia pudesse nutrir-se de minha substância.

"Pode ser que eu lhe pareça insípido", protestei, "mas existem gamas de sabores mais discretas e contidas que as das pimentas, existem aromas sutis que é preciso saber captar!"

"A cozinha é a arte de dar relevo aos sabores com outros sabores", replicou Olivia, "mas se a matéria-prima é insossa, nenhum tempero pode realçar um sabor que não existe!"

No dia seguinte, Salustiano Velazco quis acompanhar-nos na visita a umas escavações recentes, ainda não queimadas pelos turistas.

Uma estátua de pedra mal se erguia do nível da terra, com o perfil característico que havíamos aprendido a reconhecer desde os primeiros dias de nossas peregrinações arqueológicas mexicanas: o *chac-mool*. Figura humana reclinada, numa pose quase etrusca, que sustenta uma bandeja pousada no ventre; parece um bonachão, boneco rústico, mas naquela bandeja é que eram oferecidos os corações das vítimas ao deus.

"Mensageiro dos deuses: o que significa?", perguntei, pois havia lido aquela definição num guia. "É um demônio enviado à terra pelos deuses para pegar o prato com as oferendas? Ou é um emissário dos homens que deve ir ao encontro dos deuses e entregar-lhes o alimento?"

"Quem sabe...", respondeu Salustiano com a expressão suspensa que assumia diante de quesitos insolúveis, como se escutasse as vozes interiores de que dispunha como manuais de consulta de sua ciência. "Poderia ser a própria vítima, deitada no altar, que oferece as próprias vísceras no prato... Ou então o sacrificador que assume a pose da vítima porque sabe que amanhã caberá a ele... Sem essa reversibilidade o sacrifício humano seria impensável... todos eram potencialmente executores do sacrifício e vítimas... a vítima aceitava essa condição porque havia lutado para capturar os outros como vítima..."

"Podiam ser comidos porque eles próprios eram devoradores de homens?", acrescento, mas Salustiano já está falando da serpente como símbolo de continuidade da vida e do cosmos.

Entretanto, eu havia entendido. O meu erro com Olivia era considerar-me comido por ela, ao passo que devia ser, ou melhor era (sempre fora) aquele que a devorava. A carne humana de sabor mais atraente é a de quem come carne humana. Só me nutrindo vorazmente de Olivia não seria mais considerado insípido por seu paladar.

Com tal propósito sentei-me com ela para jantar naquela noite. "O que se passa? Você anda estranho hoje", disse Olivia, a quem nada escapava jamais. O prato que nos tinham servido era *gorditas pellizcadas con manteca*, literalmente "gorduchinhas beliscadas na manteiga". Eu me dedicava a devorar em cada almôndega a fragrância de Olivia mediante uma mastigação voluptuosa, uma vampiresca extração de sucos vitais, mas me dava conta de que naquela que devia ser uma relação entre três termos, eu-almôndega-Olivia, inseria-se um quarto termo que assumia um papel dominante: o nome dos bolinhos de carne. Era o nome *gorditas pellizcadas con manteca* que eu apreciava sobretudo e assimilava e possuía. Tanto que a magia do nome continuou a atuar sobre mim mesmo depois da refeição, quando nos retiramos juntos para o quarto do hotel, durante a noite. E, pela primeira vez durante a viagem ao México, o encantamento que nos subjugara foi rompido e a inspiração que tinha favorecido os melhores momentos de nossa convivência tornou a visitar-nos.

Encontramo-nos pela manhã sentados na cama em pose de *chac-mool* tendo no rosto a expressão não marcada das estátuas de pedra e nos joelhos a bandeja da anônima refeição hoteleira à qual tratávamos de agregar sabores locais pedindo que fosse acompanhada de *mangos*, *papayas*, *chirimoyas*, *guayabas*, frutos que encerram na doçura da polpa delicadas mensagens de aspereza e acidez.

A viagem deslocou-se para os territórios dos maias. Os templos de Palenque emergem da selva tropical, dominados por densas montanhas vegetais: enormes fícus com troncos múltiplos como raízes, *maculís* de copas lilases, cada árvore envolvida num manto de lianas e trepadeiras e plantas pendentes. Foi descendo pela íngreme escadaria do Templo das Inscrições que tive uma vertigem. Olivia, que não gostava de escadas, não quisera seguir-me e havia se misturado à multidão de grupos escandalosos de sons e cores que os ônibus de turismo descarregavam e engoliam continuamente no descampado entre os templos. Eu tinha subido sozinho ao Templo do Sol, até o baixo-relevo do sol-jaguar, ao Templo da Cruz Folheada, até o baixo-relevo do *quetzál* (colibri) de perfil, depois ao Templo das Inscrições que não comporta só uma subida (e descida respectiva) da escadaria monumental, mas também a descida no escuro (e subida respectiva) da pequena escada que conduz à cripta. Na cripta fica o túmulo do rei-sacerdote (que já pudera observar muito mais comodamente poucos dias antes num perfeito fac-símile no Museu de Antropologia da Cidade do México) com a laje de pedra esculpida complicadíssima em que se vê o rei manobrar uma engrenagem de ficção científica que aos nossos olhos parece daquelas que servem para lançar foguetes espaciais e em vez disso representa a descida do corpo aos deuses subterrâneos e a ressurreição entre as plantas.

Desci, retornei à luz do sol-jaguar, ao mar de linfa verde das folhas. O mundo entrou em turbilhão, eu caía degolado pelo facão do rei-sacerdote pelos altos degraus abaixo em cima da selva de turistas com máquinas de filmar e os usurpados sombreiros de abas largas, a energia solar escorria por redes finíssimas de sangue e clorofila, eu vivia e morria em todas as fibras do que é mastigado e digerido e em todas as fibras que se apropriam do sol comendo e digerindo.

Sob a pérgula de palha de um restaurante à beira-rio, onde Olivia me esperava, nossos dentes começaram a mover-se lentamente com ritmo similar e nossos olhares fixaram-se um no outro com uma intensidade de serpentes. Serpentes mimetizadas na aflição de engolir-se reciprocamente, conscientes de sermos também devorados pela serpente que a todos nos digere e assimila sem cessar no processo de ingestão e digestão do canibalismo universal que põe sua marca em cada relação amorosa e anula os limites entre os nossos corpos e a *sopa de frijoles*, o *huacinango a la veracruzana*, as *enchiladas*...

UM REI À ESCUTA

O cetro deve ser regido com a direita, ereto, nada de ficar para baixo, e você nem teria onde deixá-lo, junto ao trono não há mesinhas ou mesas ou tripés onde apoiar, sei lá, um copo, um cinzeiro, um telefone; o trono fica isolado, encimando degraus estreitos e altos, tudo o que você deixa cair rola e não se encontra mais. Ai de você caso o cetro caia de sua mão, melhor erguer-se, descer do trono para recolhê-lo, ninguém pode tocá-lo exceto o rei; e não fica bem para um rei estender-se pelo chão, para apanhar o cetro que foi parar debaixo de um móvel ou a coroa, que é fácil de rolar da cabeça, basta inclinar-se.

Dá para apoiar o antebraço no braço do trono, assim não se cansa: falo sempre da direita, que empunha o cetro; quanto à esquerda, permanece livre; dá para coçar-se, se quiser; às vezes, o manto de arminho transmite uma coceira ao pescoço que se propaga pelas costas, pelo corpo inteiro. Também o veludo da almofada, ao esquentar, provoca uma sensação irritante nas nádegas, nas coxas. Não tenha escrúpulos de meter os dedos onde coça, de afrouxar o cinto com fivela dourada, de afastar o colar, as medalhas, as dragonas cheias de franjas. Você é rei, ninguém pode descobrir nada para criticar, só faltaria mais essa.

A cabeça deve ser mantida imóvel, convém não esquecer que a coroa está equilibrada no seu cocuruto, você não pode enfiá-la até as orelhas como um gorro em dia de vento; a coroa culmina numa cúpula mais volumosa do que a base que a sustenta, o que implica um equilíbrio instável: se lhe acontecer de cochilar, de amolecer o queixo no peito, ela acabará rolando para o chão e quebrando; porque é frágil, em especial nas partes de filigrana de ouro engastadas de brilhantes. Quando sentir que ela está a ponto de rolar, deve ter agilidade para corrigir a posição com pequenos movimentos da cabeça, mas você tem de estar atento para não se mexer com violência senão termina batendo no baldaquim, que a toca com seus drapeados. Enfim, espera-se que você mantenha a compostura real que se supõe intrínseca à sua personalidade.

De resto, que necessidade haveria de incomodar-se tanto? Você é rei, tudo o que desejar já lhe pertence. Basta que levante um dedo e trazem de comer, de beber, chicletes, palitos, tabaco de qualquer marca, tudo em salva de prata; quando está com sono, o trono é cômodo, embutido, basta semicerrar os olhos e abandonar-se no espaldar, mantendo na aparência a posição de sempre: que você esteja acordado ou dormindo não muda nada, ninguém percebe. Quanto às necessidades fisiológicas, não é segredo para ninguém que o trono é oco, como qualquer trono que se respeite; duas vezes por dia vêm trocar o penico; até mais vezes quando fede. Em resumo, tudo foi organizado para evitar que você se desloque. Não ganharia nada movendo-se, só teria a perder. Se levantar, mesmo que só se afaste alguns passos, se perder de vista o trono nem que seja por um instante, quem garante que ao voltar não encontrará algum outro sentado no lugar? Talvez alguém que se pareça com você, idêntico. Trate de demonstrar que o rei é você e não ele! Um rei se distingue pelo fato de sentar-se no trono, carregar a coroa e o cetro. Ora, se tais atributos são seus, é melhor que não se afaste nem por um segundo.

Há o problema de esticar as pernas, de evitar as câibras, juntas que endurecem: na certa é um grave inconveniente. Mas você pode sempre simular uns pontapés, levantar os joelhos, aninhar-se no trono, sentar-se à moda turca, naturalmente por períodos breves, quando as questões de Estado o permitem. Toda noite chegam os encarregados da lavagem dos pés e retiram as botas por quinze minutos; de manhã, os responsáveis pelo serviço desodorante massageiam suas axilas com tufos de algodão perfumado.

Também foi prevista a eventualidade de que você seja possuído por desejos carnais. Damas da corte, oportunamente escolhidas e treinadas, das mais robustas às mais delgadas, acham-se à disposição, por turnos, para subir os degraus do trono e acercar de seus trepidantes joelhos as amplas saias vaporosas e esvoaçantes. As coisas que podem ser feitas, você ficando no trono e elas apresentando-se frontalmente de costas ou de lado, são várias, e você pode despachá-las em poucos instantes ou, se as incumbências do reino lhe permitem bastante tempo livre, pode ficar mais tempo, digamos até quarenta e cinco minutos; neste caso, é de bom-tom que sejam fechadas as cortinas do baldaquim, subtraindo a intimidade do rei aos olhares estranhos, enquanto os músicos entoam melodias aliciantes.

Em suma, depois de coroado, convém que você esteja sempre sentado no trono sem se mexer, dia e noite. Toda a sua vida anterior não foi nada além da espera de tornar-se rei; agora já sabe; não há nada além de reinar. E o que é reinar se não esta outra longa espera? A espera do momento em que será deposto, em que terá de deixar o trono, o cetro, a coroa, a cabeça.

As horas demoram a passar; na sala do trono, a luz das lâmpadas é sempre igual. Você escuta o tempo que corre: um zumbido semelhante ao vento; o vento sopra nos corredores do palácio ou no fundo de seu ouvido. Os reis não têm relógio: supõe-se que sejam eles a governar o fluxo do tempo; a submissão às regras de um engenho mecânico seria incompatível com a majestade real. A extensão uniforme dos minutos ameaça sepultá-lo como uma lenta avalanche de areia: mas você sabe como escapar. Basta estender o ouvido e aprender a reconhecer os ruídos do palácio, que mudam de hora em hora: de manhã, toca a corneta para içar a bandeira no alto da torre, os caminhões da intendência real descarregam cestas e vasilhames no pátio da despensa; as empregadas batem os tapetes na sacada da varanda; à noite, chiam os portões que são trancados, das cozinhas sobe um concerto de louças; das estrebarias alguns relinchos avisam que é hora da almofaçadura.

O palácio é um relógio: suas cifras sonoras seguem o curso do sol, flechas invisíveis indicam o turno da guarda nos anteparos das fortificações com um tropel de patas ferradas, com batidas de coronhas, aos quais responde um chiar de cascalho sob a massa dos tanques que se exercitam no largo. Se os ruídos se repetem na ordem habitual, com os devidos intervalos, pode ficar tranqüilo, o seu reino não corre perigo: agora, nesta hora, por mais um dia.

Mergulhado no trono, você põe a mão em concha no ouvido, afasta os drapeados do baldaquim para que não amorteçam nenhum sussurro, nenhum eco. Os dias são para você uma sucessão de sons, ora nítidos ora quase imperceptíveis; já aprendeu a distingui-los, a avaliar sua proveniência e a distância, conhece sua seqüência, sabe quanto duram as pausas, cada ribombo, rangido ou tilintar que está a ponto de atingir seu tímpano já é esperado, antecipado na imaginação, se demora a ser produzido provoca impaciência. A sua angústia não acaba até que o fio do ouvido não seja recomposto onde parecia abrir-se uma lacuna.

Átrios, escadarias, varandas, corredores do palácio possuem tetos altos, em forma de abóbadas: a cada passo, cada estalo de fechadura, cada espirro ecoa, ribomba, propaga-se horizontalmente numa seqüência de salas comunicantes, vestíbulos, colunatas, portas de serviço, e verticalmente por bombas de escadas, intervalos de tetos, poços de luz, condutores, tampas de chaminés, vãos de elevadores de cargas e todos os percursos acústicos convergem para a sala do trono. No grande lago de silêncio em que você flutua desembocam rios de ar movidos por vibrações intermitentes; você as intercepta e decifra, atento, absorto. O palácio é todo volutas, todo lobos, é um grande ouvido em que anatomia e arquitetura trocam de nomes e de funções: pavilhões, trompas, tímpanos, espirais, labirintos; você fica achatado no fundo, na região mais interna do palácio-ouvido, do seu ouvido; o palácio é o ouvido do rei.

Aqui as paredes têm ouvidos. Os espiões encontram-se atrás de todos os toldos, das cortinas, das tapeçarias. Seus espiões, os agentes de seu serviço secreto, que têm a tarefa de escrever relatórios minuciosos sobre as conspirações do palácio. A corte pulula de inimigos, tanto que é cada vez mais difícil distingui-los dos amigos: sabe-se com certeza que a conspiração que haverá de destroná-lo será organizada por seus ministros e dignitários. E você sabe que não há serviço secreto que não seja infiltrado de agentes do serviço secreto adversário. Talvez todos os agentes pagos por você também sejam conspiradores; o que torna obrigatório continuar a pagá-los para mantê-los calmos o maior tempo que for possível.

Pacotes volumosos de relatórios secretos são produzidos todos os dias pelas máquinas eletrônicas e depositados a seus pés nos degraus do trono. É inútil que você os leia: os espiões só podem confirmar a existência das conjurações, o que justifica a necessidade da espionagem deles, e ao mesmo tempo devem desmentir sua periculosidade imediata, o que prova que seu trabalho é eficaz. Ademais, ninguém imagina que você venha a ler todos os relatórios que lhe são dirigidos: na sala do trono não há luz suficiente para ler, e supõe-se que um rei não precise ler nada, o rei já sabe o que tem de saber. Para tranqüilizá-lo basta o repicar das máquinas eletrônicas que chega dos escritórios dos serviços secretos durante as oito horas regulamentares e cotidianas. Um bando de operadores insere novos dados nas memórias, supervisiona complicadas tabulações no vídeo, extrai das impressoras novos relatórios que talvez sejam sempre o mesmo repetido a cada dia com variantes mínimas concernentes à chuva ou ao bom tempo. Com variantes mínimas as mesmas impressoras produzem as circulares secretas dos conspiradores, as ordens de serviço dos motins, os planos detalhados de sua deposição e condenação à morte.

Se quiser, pode ler todos eles. Ou fingir que o fez. O que a escuta dos espiões registra, seja seguindo suas ordens ou a dos inimigos, é o que pode ser traduzido nas fórmulas dos códigos, inserido nos programas estudados especialmente para produzir relatórios secretos conforme os modelos oficiais. Ameaçador ou tranqüilizante que seja, o futuro que aquelas folhas desenrolam não lhe pertence mais, não soluciona sua incerteza. Outra coisa é o que você gostaria que lhe fosse revelado, o medo e a esperança que o mantêm com insônia, o fôlego suspenso durante a noite, o que seus ouvidos tratam de captar, sobre você e o destino que lhe toca.

Este palácio, quando você subiu ao trono, no mesmo instante em que se tornou o seu palácio, passou a ser-lhe estrangeiro. Desfilando à frente do cortejo da coroação, você o atravessou pela última vez, entre as tochas e os flabelos, antes de retirar-se para este salão do qual não é prudente nem conforme à etiqueta real afastar-se. O que faria um rei vagando por corredores, escritórios e cozinhas? Não há mais lugar para você, no palácio, exceto este salão.

A lembrança dos outros ambientes, como você os viu da última vez, logo empalideceu na sua memória; por outro lado, enfeitados como estavam para a festa, eram lugares irreconhecíveis, ter-se-ia perdido.

Mais nítidas permaneceram em sua memória certas passagens dos dias de batalha, quando você comandava o assalto ao palácio à frente de seus fiéis de então (que agora certamente se preparam para traí-lo): balaústres arrebentados sob golpes de morteiro, brechas nas muralhas tomadas pelos incêndios, esburacadas pelas rajadas. Você não consegue mais pensá-lo como o mesmo palácio em que ora está sentado no trono; caso estivesse lá de novo, seria sinal de que o ciclo se cumpriu e a ruína o está levando embora.

Antes ainda, nos anos que passou tramando na corte de seu predecessor, via um outro palácio, porque os ambientes destinados ao pessoal de sua linhagem eram alguns determinados e não outros, e porque você projetava suas ambições nas transformações que haveria de fazer na aparência dos lugares, quando se tornasse rei. A primeira ordem de todo rei novo, assim que se instala no trono, é mudar a disposição e a destinação da cada cômodo, do mobiliário, da tapeçaria, dos estuques. Também você o fez, e pensava que assim teria marcado a sua verdadeira posse. Ao contrário, não fez mais que jogar outras lembranças no triturador do esquecimento, do qual nada se recupera.

Claro, existem no palácio salas chamadas de históricas que você gostaria de rever, embora tenham sido restauradas de alto a baixo para restituir-lhes a aparência antiga que se perde com os anos. Mas são aquelas que recentemente foram abertas à visitação dos turistas. Você deve ficar longe delas: aninhado no trono, reconhece no seu calendário sons e dias de visita pelo barulho dos ônibus que param na esplanada, pelo falatório dos cicerones, pelos coros de exclamações admirativas em várias línguas. Também nos dias de fechamento, você é formalmente desaconselhado a aventurar-se por lá: esbarraria nas escovas nos baldes e nos frascos de detergente do pessoal da manutenção. Durante a noite, seria fácil perder-se, imobilizado pelos olhos vermelhos dos sinais de alarme que impedem a passagem, até que de manhã você havia de encontrar-se bloqueado pelas comitivas armadas de filmadoras, regimentos de velhas senhoras com dentadura e um veuzinho azulado na permanente, senhores obesos com uma camisa estampada de flores fora das calças e chapéus de palha de abas largas.

Se o seu palácio permanece desconhecido e incognoscível para você, pode tentar reconstruí-lo pedaço por pedaço, situando cada pisadela, cada tosse num ponto do espaço, imaginando ao redor de cada signo sonoro paredes, tetos, instalações, dando forma ao vazio em que os ruídos se propagam e aos obstáculos contra os quais se chocam, deixando que sejam os próprios sons a sugerir as imagens. Um tilintar de prata não é só uma colherinha que caiu do pires em que estava equilibrada mas é também um canto de mesa coberto por uma toalha de linho com franja de renda, clareada por uma vidraça alta de onde pendem ramos de glicínia; um mergulho suave não é apenas um gato que saltou sobre um rato, mas um espaço debaixo da escadaria, úmido de mofo, fechado por mesas cheias de pregos.

O palácio é uma construção sonora que ora se dilata ora se contrai, estreita-se como um emaranhado de correntes. Você pode percorrê-lo guiado pelos ecos, localizando rangidos, assobios, imprecações, seguindo respirações, sussurros, rosnados, gorgolejos.

O palácio é o corpo do rei. O seu corpo lhe manda mensagens misteriosas, que você acolhe com receio, com ansiedade. Numa parte desconhecida desse corpo nidifica uma ameaça, a sua morte já está colocada ali, os sinais que lhe chegam talvez avisem de um perigo sepulto ao redor de você mesmo. Aquele que se acomoda de viés no trono não é mais o seu corpo, você foi privado de seu uso desde que a coroa cingiu sua cabeça, agora a sua persona se estende por essa casa obscura, estranha, que lhe fala por enigmas. Mas mudou alguma coisa de fato? Mesmo antes você sabia pouco ou nada sobre quem era. E tinha medo, como agora.

O palácio é uma urdidura de sons regulares, sempre iguais, como a batida do coração, do qual se destacam outros sons discordantes, imprevistos. Bate uma porta, onde?, alguém corre pelas escadas, ouve-se um grito sufocado. Passam-se longos minutos de espera. Um assobio longo e agudo ressoa, talvez de uma janela da torre. Responde um outro assobio, de baixo. Depois, silêncio.

Existe uma história que liga um ruído a outro? Você não consegue deixar de procurar um sentido, que talvez se oculte não nos ruídos isolados mas no meio, nas pausas que os separam. E se há uma história, é uma história que lhe diz respeito? Um encadeamento de conseqüências que acabará por envolvê-lo? Ou se trata apenas de um episódio indiferente dentre tantos que compõem a vida cotidiana do palácio? Cada história que lhe parece adivinhar remete à sua própria pessoa, nada acontece no palácio sem que o rei tenha uma parte, ativa ou passiva. Do mais leve indício você pode extrair um auspício sobre sua sorte.

Para quem está ansioso, cada sinal que rompe a norma surge como ameaça. Cada mínimo evento sonoro lhe parece anunciar os adversários de seus temores. Mas o contrário não poderia ser verdadeiro? Prisioneiro de uma jaula de repetições cíclicas, aguça o ouvido com esperança a cada nota que rompa o ritmo sufocante, a cada anúncio de uma surpresa que se prepara, um abrir-se das grades, uma ruptura da cadeia.

Quem sabe a ameaça vem mais dos silêncios que dos ruídos? Há quantas horas você não ouve a troca das sentinelas? E se o pelotão de guardas que lhe são fiéis tivesse sido capturado pelos conjurados? Por que da cozinha não se ouve o costumeiro bater de panelas? Talvez os cozinheiros fiéis tenham sido substituídos por um esquadrão de bandidos, habituados a amortecer no silêncio todos os gestos, envenenadores que agora estão silenciosamente embebendo de cianureto as comidas...

Mas talvez seja na própria regularidade que se aninha o perigo. O corneteiro toca a frase habitual na hora exata de todos os dias: mas não lhe parece que capricha em excesso? Você não nota uma obstinação estranha no rufar dos tambores, como um excesso de zelo? O passo de marcha do pelotão que repercute ao longo do caminho de ronda hoje parece marcar uma cadência lúgubre, como de um pelotão de fuzilamento... As correias dos tanques passam pelo cascalho quase sem atrito, como se as engrenagens tivessem recebido mais óleo que de costume: quem sabe tendo alguma batalha em vista?

Talvez as tropas da guarda não sejam mais aquelas que lhe eram fiéis... Ou então, sem terem sido substituídas, passaram para o lado dos conspiradores... Talvez tudo continue como antes, porém o palácio já está nas mãos dos usurpadores; ainda não o detiveram porque você já não conta absolutamente nada; esqueceram-no sobre um trono que nem é mais um trono. O movimento regular da vida do palácio é o sinal de que o golpe de Estado aconteceu, um novo rei senta-se no trono, sua condenação foi decretada e é tão irrevogável que não há razão para apressar-se em executá-la...

Não delire. Tudo aquilo que se ouve mexer no palácio responde exatamente às regras que você estabeleceu: o exército obedece às suas ordens tal qual máquina engrenada, o cerimonial do palácio não se permite a menor variante em servir e tirar a mesa, em correr as cortinas ou desenrolar os tapetes de honra segundo as disposições recebidas; os programas radiofônicos são os mesmos que você definiu de uma vez por todas. Você mantém o pulso firme sobre a situação, nada foge à sua vontade e controle. Também a rã que coaxa no tanque, os bandos de meninos que brincam de cabra-cega, o tombo escada abaixo do velho camareiro, tudo responde ao seu desenho, tudo foi pensado por você, decidido, deliberado antes que se tornasse audível ao seu ouvido. Aqui não voa nem uma mosca sem que você autorize.

Mas talvez jamais tenha estado tão próximo de perder tudo como agora que acredita ter tudo sob controle. A responsabilidade de pensar o palácio em todos os detalhes, de contê-lo na mente o obriga a um esforço enervante. A obstinação sobre a qual se baseia o poder não é nunca tão frágil como no momento de seu triunfo.

Junto ao trono há um ângulo da parede do qual de vez em quando você ouve chegar uma espécie de ribombo: toques distantes como de bater a uma porta. Haverá alguém que bate do outro lado da parede? Mas talvez mais que de uma parede se trate de uma pilastra ou montante que se destaca ou então uma coluna oca por dentro, quem sabe uma canalização vertical que atravessa todos os andares do palácio, das cavas ao teto, por exemplo, um encanamento de fumaça que parte das caldeiras. Por este meio os ruídos se transmitem ao longo de toda a altura da construção; num ponto do palácio, não se sabe em que andar mas certamente acima ou abaixo da sala do trono, alguma coisa bate contra a pilastra; alguma coisa ou alguém; alguém que dá golpes ritmados com o punho; pelo ressoar abafado poder-se-ia dizer que os golpes vêm de longe. Golpes que emergem de uma profundidade escura, sim, de baixo, batidas que sobem de um subterrâneo. Serão sinais?

Estendendo um braço você pode bater com o punho contra aquele ângulo. Repita os golpes conforme ouviu agora. Silêncio. Ei-los de novo. A ordem nas pausas e na freqüência mudou um pouco. Repita outra vez. Espere. De novo uma resposta não se faz esperar. Estabeleceu um diálogo?

Para dialogar você deveria conhecer a língua. Uma série de golpes seguidos, uma pausa, outros golpes isolados: são sinais traduzíveis num código? Alguém está formando letras, palavras? Alguém quer comunicar-se com você, tem coisas urgentes para dizer-lhe? Experimente com a chave mais simples: uma batida, *a*; duas, *b*... Ou então o código Morse, trate de distinguir sons breves e longos... Às vezes parece que a mensagem transmitida está num ritmo, como numa seqüência musical: também isso provaria a intenção de atrair sua atenção, de comunicar, de falar-lhe... Mas não basta: se as percussões sucedem-se com regularidade devem formar uma palavra, uma frase... Eis que já gostaria de projetar sobre o nu estilicídio dos sons o seu desejo de palavras tranqüilizadoras: ''Majestade... nós, fiéis, queremos... revelaremos as insídias... longa vida...''. É isso que estão lhe dizendo? É isso que consegue decifrar tentando aplicar todos os códigos imagináveis? Não, não aparece nada desse gênero. Quem sabe a mensagem resultante é completamente diversa, algo como: "Cão bastardo usurpador... Vingança... Vamos derrubá-lo...".

Acalme-se. Talvez não passe de sugestão. É somente o acaso que dispõe aquelas combinações de letras e palavras. Talvez não se trate nem de sinais: pode ser a batida de uma portinhola ou uma corrente de ar, ou um menino que faz repicar a bola ou alguém que martela uns pregos. Pregos... "O caixão... o seu e de mais ninguém...", as batidas agora formam estas palavras, "sairei deste caixão... você entrará nele... enterrado vivo..." Palavras sem nenhum sentido, em resumo. Só a sua sugestão sobrepõe palavras delirantes àqueles ribombos disformes.

Valeria igualmente imaginar que quando você bate com os nós dos dedos na parede, tamborilando ao acaso, qualquer pessoa, à escuta em algum canto do palácio, acredita ouvir palavras, frases. Experimente. Por que se concentra tanto, como se estivesse soletrando, silabando? Que mensagem pensa estar transmitindo através desta parede? "Também você usurpador antes de mim... Derrotei-o... Poderia matá-lo..." O que está fazendo? Está tentando justificar-se diante de um ruído invisível? A quem está suplicando? "Salvei-lhe a vida... Se tiver a sua revanche... lembre-se..." Quem imagina que esteja, lá embaixo, batendo contra a parede? Acredita que seu predecessor ainda esteja vivo, o rei que você expulsou do trono, este trono que agora ocupa, o prisioneiro que mandou encerrar na cela mais profunda dos subterrâneos do palácio?

Você passa as noites escutando o tam-tam subterrâneo e tentando inutilmente decifrar suas mensagens. Mas lhe vem a dúvida se é mesmo só um ruído que você tem no ouvido, a palpitação de seu coração em sobressalto ou a lembrança de um ritmo que aflora em sua memória e desperta receios, remorsos. Nas viagens de trem à noite, o rumor confuso e sempre igual das rodas se transforma na vigília em palavras repetidas, torna-se uma espécie de canto monótono. É possível, ou melhor, provável que cada ondular de sons se transforme em seu ouvido no lamento de um prisioneiro, nas maldições de suas vítimas, no arfar ameaçador dos inimigos que você não consegue matar...

Faz bem ao escutar, ao não baixar a guarda sequer um instante; mas convença-se disso: é a você próprio que anda ouvindo, é dentro de você que os fantasmas ganham voz. Algo que não consegue dizer nem a você mesmo trata dolorosamente de fazer-se ouvir... Não está convencido? Quer uma prova segura de que aquilo que sente vem de dentro e não de fora?

Uma prova segura jamais há de ter. Pois é verdade que os subterrâneos do palácio estão cheios de presos, partidários do soberano deposto, cortesãos suspeitos de infidelidade, desconhecidos que caem nas caçadas que sua polícia faz periodicamente por precaução intimidativa e que terminam esquecidos nas celas de segurança... Dado que toda essa gente continua dia e noite a sacudir as correntes, a bater com as colheres nas grades, a berrar protestos, e entoar canções sediciosas, não seria de admirar que algum eco do barulho deles chegasse até você, apesar de ter mandado pôr isolamento acústico em paredes e pavimentos, e revestir esta sala com cortinados pesadíssimos. Não é de se excluir que justamente dos subterrâneos provenha aquilo que antes lhe parecia uma percussão ritmada e agora se tornou uma espécie de tom baixo e pesado. Todo palácio se apóia em subterrâneos onde se acha sepultado algum vivo ou onde algum morto não encontra paz. Não adianta tapar os ouvidos com as mãos: vai continuar ouvindo tudo do mesmo jeito.

Não se detenha nos ruídos do palácio, se não quiser ficar prisioneiro como numa armadilha. Saia! Fuja! Vá passear! Fora do palácio estende-se a cidade, a capital do reino, do seu reino! Você foi coroado rei não para possuir este palácio triste e escuro, e sim a cidade polimorfa e multicolorida, trepidante, com mil vozes!

A cidade está despejada pela noite, enroscada, dorme e ronca, sonha e resmunga, manchas de sombra e de luz deslocam-se todas as vezes que se vira de um lado ou de outro. Todas as manhãs os sinos chamam para festas, dobram feito martelo ou tocam a rebate: mandam mensagens, mas não se pode jamais confiar naquilo que realmente querem dizer: com os dobres de morto chega, misturada pelo vento, uma melodia de baile, excitante; com o toque festivo uma explosão de urros ferozes. É a respiração da cidade que você deve ouvir, uma respiração que pode ser quebrada e arquejante ou plácida e profunda.

A cidade é um trovão distante no fundo do ouvido, um cicio de vozes, um zumbido de rodas. Quando tudo está parado no palácio, a cidade se move, as rodas giram pelas ruas, as ruas correm como raios de rodas, os discos rodam nas vitrolas, a agulha arranha um velho disco, a música vai e vem, aos arrancos, oscila, para baixo no sulco rumoroso dos caminhos, ou sobe alta com o vento que faz girar as bandeirolas das chaminés. A cidade é uma roda que tem como eixo o lugar em que você está imóvel, escutando.

No verão, a cidade passa através das janelas abertas do palácio, voa com todas as janelas abertas e com as vozes, explosões de risos e prantos, barulho de martelos pneumáticos, vozerio de rádios portáteis. É inútil que você fique debruçado na sacada, vendo os telhados do alto não daria para reconhecer nada das ruas em que jamais pôs os pés desde o dia da coroação, quando o cortejo seguia entre bandeiras, ornamentos e guardas perfilados e já então tudo lhe parecia irreconhecível, distante.

O frescor da noite não chega à sala do trono mas você o reconhece pelo murmúrio de noite estival que o alcança mesmo aqui. É melhor renunciar a debruçar-se na janela: não ganharia nada além de picadas de pernilongo e não aprenderia nada além do que já está contido neste marulho de concha no ouvido. A cidade encuba os barulhos de um oceano como nas volutas da concha ou do ouvido: se você se concentrar para ouvir as ondas vai romper os limites entre palácio cidade ouvido concha.

Entre os sons da cidade você reconhece de vez em quando um acorde, uma seqüência de notas, um motivo: metais de fanfarras, ladainhas de procissões, coros de estudantes, marchas fúnebres, cantos revolucionários entoados por um cortejo de manifestantes, hinos em seu louvor cantados por tropas que dispersam o cortejo tentando cobrir as vozes dos opositores, bailados que o alto-falante de uma casa noturna difunde a todo o volume para convencer que a cidade continua a sua vida feliz, cantos fúnebres de mulheres que choram um morto vítima dos choques. Esta é a música que se ouve; mas pode ser chamada de música? De cada fragmento sonoro você continua a recolher sinais, informações, indícios, como se nesta cidade todos aqueles que tocam cantam ou colocam discos não quisessem outra coisa além de transmitir mensagens precisas e unívocas. Desde que subiu ao trono, não é música o que você escuta, mas só a confirmação de como a música é usada: nos rituais da boa sociedade ou para o entretenimento da multidão, para a salvaguarda das tradições, da cultura e da moda. Ora você pergunta o que significava escutar uma música pelo único prazer de entrar no desenho das notas.

Antigamente, para dar-lhe alegria bastava retomar um "pereperepê" com os lábios ou com o pensamento, imitando o motivo que havia captado, numa simples canção ou numa sinfonia complicada. Agora experimente fazer "pereperepê" e nada acontece: não lhe vem nenhum motivo à cabeça.

Havia uma voz, uma canção, uma voz de mulher que de vez em quando o vento lhe trazia até aqui em cima por uma janela aberta, era uma canção de amor que, nas noites de verão, o vento lhe trazia aos pedaços e mal você pensava ter agarrado alguma nota ela já se perdia, não tinha jamais a certeza de tê-la escutado mesmo ou só imaginado, ou apenas desejado ouvi-la, o sonho de uma voz de mulher que canta no pesadelo de sua longa insônia. Eis como você estava esperando calado e atento: não é mais o medo que o faz estender o ouvido. Você voltou a ouvir este canto que ora chega distintamente em cada nota e timbre e veladura, da cidade que fora abandonada por qualquer música.

Há muito tempo você não andava mais atraído por nada, talvez desde o período em que todas as suas forças estavam empenhadas na conquista do trono. Mas daquela mania que então o devorava você só lembra a sanha contra os inimigos a serem abatidos, o que não lhe permitia desejar nem imaginar outra coisa. Então havia igualmente um pensamento de morte que o acompanhava, dia e noite, como agora que observa a cidade no escuro e no silêncio do toque de recolher que você impôs para defender-se da revolta que ameaça explodir, e segue o tropel das patrulhas que rondam pelas ruas vazias. E quando no escuro uma voz de mulher se entrega ao canto, invisível no parapeito de uma janela apagada, eis que de improviso voltam-lhe pensamentos vitais: seus desejos tornam a encontrar um objeto: qual? Não aquela canção que deve ter ouvido tantas vezes, não aquela mulher que você nunca viu: sente-se atraído pela voz enquanto voz, como se oferece ao cantar.

Aquela voz certamente vem de uma pessoa única, inimitável como qualquer pessoa, porém uma voz não é uma pessoa, é algo de suspenso no ar, destacado da solidez das coisas. Também a voz é única e inimitável, mas talvez num outro modo diferente da pessoa: poderiam, voz e pessoa, não se parecer. Ou então assemelhar-se de um modo secreto, que não se vê à primeira vista: a voz poderia ser o equivalente daquilo que a pessoa tem de mais oculto e de mais verdadeiro. É um você próprio sem corpo que escuta aquela voz sem corpo? Então que você a escute de fato ou a relembre ou a imagine, não faz diferença.

Contudo, você quer que seja o seu próprio ouvido a perceber aquela voz, portanto o que o atrai não é somente uma lembrança ou uma fantasia mas a vibração de uma garganta de carne. Uma voz significa isso: existe uma pessoa viva, garganta, tórax, sentimentos, que pressiona no ar essa voz diferente de todas as outras vozes. Uma voz põe em jogo a úvula, a saliva, a infância, a pátina da existência vivida, as intenções da mente, o prazer de dar uma forma própria às ondas sonoras. O que o atrai é o prazer que esta voz põe na existência — na existência como voz —, mas esse prazer o conduz a imaginar o modo como a pessoa poderia ser diferente de qualquer outra tanto quanto é diferente a voz.

Está tentando imaginar a mulher que canta? Mas qualquer imagem que você tente atribuir a ela em sua fantasia, a imagem-voz será sempre mais rica. Certamente você não gostará de perder nenhuma das possibilidades que encerra; por isso lhe convém ater-se à voz, resistir à tentação de correr para fora do palácio e explorar a cidade rua por rua até encontrar a mulher que canta.

Mas é impossível conter-se. Há uma parte de você que está correndo ao encontro da voz desconhecida. Contagiado por seu prazer em fazer-se ouvir, gostaria que sua escuta fosse ouvida por ela, você também gostaria de ser uma voz, ouvida por ela como você a ouve.

Pena que você não saiba cantar. Se soubesse cantar talvez sua vida tivesse sido diferente, mais feliz; ou triste com uma tristeza diversa, uma harmoniosa melancolia. Talvez você não tivesse sentido necessidade de se tornar rei. Agora não estaria aqui, neste trono que estala, espionando as sombras.

Enterrada no fundo de você mesmo talvez exista a sua verdadeira voz, o canto que não sabe destacar-se de sua garganta cerrada, de seus lábios áridos e tensos. Ou então a sua voz vagueia dispersa pela cidade, timbres e tons disseminados no tumulto. Aquilo que ninguém sabe que você é ou foi ou que poderia ser haveria de revelar-se naquela voz.

Experimente, concentre-se, apele para suas forças secretas. Agora! Não, não deu ainda! Experimente de novo, não desanime. Pronto: milagre! Você não acredita nos próprios ouvidos! De quem é esta voz com um timbre quente de barítono que se eleva, se modula, harmoniza-se com os reflexos de prata da voz dela? Quem está fazendo um dueto com ela como se fossem duas faces complementares da mesma vontade canora?

É você quem canta, não há dúvida, esta é sua voz que pode finalmente ouvir sem estranheza nem aborrecimento.

Mas de onde consegue extrair tais notas se o seu peito permanece contraído e seus dentes cerrados? Está convencido de que a cidade não passa de uma extensão física de sua pessoa: e de onde deveria vir a voz do rei exceto do próprio coração da capital do reino? Com a mesma acuidade de ouvido com a qual você conseguiu captar e seguir até este momento o canto daquela mulher desconhecida, agora reúne os cem fragmentos de sons que unidos formam uma voz inconfundível, a voz que é só sua.

Pronto, afaste de seu ouvido qualquer intrusão e distração, concentre-se: a voz de mulher que o chama e a sua voz que a chama, deve captá-las juntas na mesma intenção de escuta (ou prefere chamar de olhar do ouvido?). Agora! Não, ainda não. Não renuncie, experimente de novo. Dentro de um instante a sua voz e a dela responder-se-ão e fundir-se-ão a ponto de não saber mais distingui-las...

Porém, muitos sons interpõem-se, frenéticos, cortantes, ferozes: a voz dela desaparece sufocada pelo ruído de morte que invade o lado de fora ou que talvez ressoe dentro de você. Você a perdeu, perdeu-se, a parte de você que se projeta no espaço dos sons ora corre pelas ruas entre as patrulhas do toque de recolher. A vida das vozes foi um sonho, talvez tenha durado só poucos segundos como duram os sonhos, ao passo que fora o pesadelo permanece.

* * *

Todavia, você é o rei: se procura uma mulher que vive em sua capital, identificável pela voz, será capaz de encontrá-la. Solte seus espiões, dê ordens de bater todas as ruas e todas as casas. Mas quem conhece aquela voz? Só você. Ninguém pode executar essas buscas exceto você. Eis que, quando finalmente se lhe apresenta um desejo a ser realizado, você entende que ser rei não serve para nada.

Espere, não desanime logo, um rei tem tantos recursos, será possível que você não saiba descobrir um sistema para obter o que deseja? Poderia promover um concurso de canto: por ordem do rei todas as súditas do reino que têm voz para cantar agradavelmente iriam apresentar-se no palácio. Seria sobretudo uma astuta manobra política, para acalmar os ânimos numa época agitada e fortalecer as ligações entre o povo e a coroa. Você pode imaginar facilmente a cena: nesta sala enfeitada para festa, um palco, uma orquestra, um público formado pela fina flor da corte e você impassível no trono, ouvindo cada agudo, cada gorjeio com a atenção que convém a um juiz imparcial; de repente você ergue o cetro e proclama: "É ela!".

Como não a reconhecer? Nenhuma voz é mais diferente do que aquelas que habitualmente cantam para o rei, nas salas iluminadas por lampadários de cristal, entre os vasos de plantas que abrem largas folhas palmadas; você assistiu a tantos concertos em sua homenagem nas datas dos gloriosos aniversários; cada voz que sabe ser ouvida pelo rei adquire um verniz frio, uma complacência vitrificada. Ao contrário, aquela voz vinha da sombra, contente por manifestar-se sem sair da escuridão que a ocultava e por lançar uma ponte na direção de qualquer presença envolta na mesma escuridão.

Mas tem a certeza de que aqui, diante dos degraus do trono, seria a mesma voz? Que não trataria de imitar a impostação das cantoras da corte? Que não se confundiria com as tantas vozes que você habituou-se a ouvir aprovando com formalismo e acompanhando o vôo de uma mosca?

O único meio para levá-la a revelar-se seria o encontro com a sua verdadeira voz, com aquele fantasma de voz pessoal que evocou da tempestade sonora da cidade. Bastaria que você cantasse, que liberasse a voz que sempre escondeu de todos e ela logo o reconheceria pelo que realmente é, e juntaria sua voz à dela, a verdadeira.

Aí uma exclamação de surpresa se propagaria pela corte: "O rei canta... Ouçam como o rei canta...". Mas a compunção com que é de bom-tom ouvir o rei independentemente do que diga ou faça não tardaria a predominar. Os rostos e os gestos exprimiriam uma aprovação condescendente e comedida, como se dissessem: "Sua Majestade se digna a entoar uma romança...", e todos estariam de acordo que uma exibição canora faz parte das prerrogativas do soberano (com o direito de cobri-lo depois com vitupérios e deboches a meia voz).

Em resumo, você teria uma bela execução, ninguém o escutaria, não o escutariam, nem a sua canção, nem a sua voz: ficariam ouvindo o rei, do modo como se ouve um rei, recebendo o que vem do alto e não significa outra coisa além da imutável relação entre quem está em cima e quem está embaixo. Também ela, a única destinatária de seu canto, não poderia ouvi-lo: não seria a sua voz a que se ouve; ouviria o rei enrijecida por uma reverência, com o sorriso prescrito pela etiqueta que mascara uma recusa preconcebida.

Cada tentativa para sair fora da jaula está destinada ao fracasso: é inútil procurar por você mesmo num mundo que não lhe pertence, que talvez não exista. Para você só existe o palácio, as grandes abóbadas que ribombam, os turnos das sentinelas, os tanques que fazem soar o cascalho, os passos excitados pela escadaria que poderiam ser cada vez aqueles que anunciam o seu fim. Estes são os únicos sinais de que o mundo lhe fala, não desvie sua atenção nem por um instante, basta uma distração para que esse espaço construído ao seu redor para conter e vigiar seus medos se rompa e termine em pedaços.

Não consegue? Aos seus ouvidos ressoam ruídos novos, insólitos? Você não tem mais condições de distinguir os barulhos que vêm de fora e de dentro do palácio? Talvez não exista um dentro e um fora: enquanto você estava ocupado em ouvir as vozes, os conjurados aproveitaram-se da redução da vigilância para desencadear a revolta.

Não existe mais um palácio ao seu redor, só a noite cheia de gritos e de disparos. Onde está? Ainda vivo? Escapou dos sabotadores que irromperam na sala do trono? A escada secreta abriu-lhe a possibilidade de fuga?

A cidade explodiu em chamas e em gritos. A noite explodiu, derrubada dentro de si mesma. Escuridão e silêncio se precipitam dentro de si mesmos e jogam longe o seu avesso de fogo e de urros. A cidade se enruga como uma folha ardente. Corre, corre sem coroa, corre sem cetro, ninguém vai descobrir que você é o rei. Não há noite mais escura que uma noite de incêndios. Não existe homem mais sozinho do que aquele que corre numa multidão ensandecida.

A noite do campo vela os espasmos da cidade. Um alarme se propaga com o barulho dos pássaros noturnos, todavia quanto mais se afasta das muralhas mais se perde entre os ruídos abafados na escuridão de sempre: o vento entre as folhas, as torrentes que correm, o coaxar das rãs. O espaço se dilata no silêncio sonoro da noite, em que os eventos são pontos de estrondos imprevistos que se acendem e se apagam: a ruptura de um galho que se quebra, o chiado de um esquilo quando entra uma cobra na toca, dois gatos no cio que se arranham, um deslizamento de seixos sob o seu passo de fugitivo.

Ofegue, ofegue, sob o céu escuro parece que só se ouve o seu ofegar, o crepitar das folhas sob seus pés que tropeçam. Por que os sapos agoram ficaram quietos? Não, ei-los de volta. Um cão late... Pare. Os cães se respondem à distância. Há tanto tempo você está andando na mais completa escuridão, perdeu qualquer idéia de onde possa estar. Apure o ouvido. Existe alguém que está ofegando como você. Onde?

A noite está cheia de respirações. Um vento baixo se levantou do capim. Os grilos não param nunca, por todos os lados. Se isola um ruído do outro, parece que irrompe de repente bem nítido; mas já estava ali antes, oculto entre os demais rumores.

Também você já estava antes. E agora? Não saberia responder. Não sabe mais qual dessas respirações é a sua. Não sabe mais escutar. Não há mais ninguém que escute ninguém. Só a noite escuta a si mesma.

Os seus passos ecoam. Sobre a sua cabeça já não existe nenhum céu. A parede que você toca estava coberta de musgo, de mofo; agora existe rocha ao seu redor, pedra muda. Se chamar, também a sua voz repercute... Onde? "Ohooo... Ohooo..." Talvez tenha chegado a uma gruta: uma caverna sem fim, um cunículo.

Durante anos você mandou escavar subterrâneos sob o palácio, sob a cidade, com ramificações que levam ao campo aberto... Queria garantir a possibilidade de se deslocar para todos os lados sem ser visto; sentia poder dominar seu reino só das vísceras da terra. Depois, deixou que as escavações se arruinassem. Ei-lo agora refugiado em sua toca. Ou capturado na própria armadilha. Pergunta-se se conseguirá sair daqui. Sair: e para onde?

Batidas. Na pedra. Surdas. Ritmadas. Como um sinal! De onde vêm? Você conhece essa cadência. É o chamado do prisioneiro! Responda. Bata você também contra a parede. Grite. Se bem lembra, o subterrâneo comunica com as celas dos prisioneiros de Estado...

Não sabe quem é você: libertador ou carcereiro? Ou antes alguém que se perdeu debaixo da terra, como ele, sem acesso às notícias da batalha na cidade da qual depende sua sorte?

Se está vagando fora da cela, é sinal de que vieram retirar-lhe as correntes, abrir-lhe as grades. Disseram-lhe: "O usurpador caiu! Você voltará ao trono! Tomará posse do palácio!". Depois alguma coisa deve ter saído errada. Um alarme, um contragolpe das forças reais e os libertadores correram pelos cunículos, deixando-o sozinho. Naturalmente se perdeu. Sob estas abóbadas de pedra não chega nenhuma luz, nenhum eco do que acontece lá em cima.

Agora podem falar-se, escutar-se, reconhecer as próprias vozes. Vai dizer-lhe quem é? Vai dizer-lhe que o reconheceu como aquele que manteve na prisão por tantos anos? Aquele que você ouvia maldizer o seu nome jurando vingança? Agora estão os dois perdidos debaixo da terra e não sabem quem é o rei e quem é o prisioneiro. Até parece que, não interessa como acabar, nada há de mudar: nesse subterrâneo parece-lhe ter ficado preso sempre, enviando sinais... Parece-lhe que sua sorte tenha estado sempre suspensa, como a sua. Um de vocês ficará aqui embaixo... O outro...

Mas talvez ele aqui embaixo tenha sempre se considerado no alto, no trono, com a coroa na cabeça, o cetro. E você? Não se julgava sempre prisioneiro? Como pode estabelecer-se um diálogo entre vocês se cada um, em vez das palavras do outro, acredita ouvir as suas, repetidas pelo eco?

Para um de vocês aproxima-se a hora da salvação, para o outro a ruína. Contudo, a angústia que jamais o abandonava ora parece evaporada. Ouve os ribombos e os sussurros sem mais necessidade de separá-los e decifrá-los, como se formassem uma música. Uma música que lhe traz à memória a voz da mulher desconhecida. Mas está lembrando dela ou pode ouvi-la de fato? Sim, é ela, é a sua voz que modula aquele motivo como um chamado sob a voz da rocha. Poderia ter se perdido também ela, nesta noite de fim de mundo. Responda, faça-se ouvir, mande-lhe um chamado para que possa encontrar o caminho no escuro e alcançá-lo. Por que se cala? Justamente agora lhe falta a voz?

Eis um outro apelo que se levanta na escuridão, no ponto de onde vinham as palavras do prisioneiro. É um apelo bem identificável, que responde à mulher, é a *sua* voz, a voz à qual você dava forma para responder a ela, tirando-a da mistura de sons da cidade, a voz que mandava ao encontro do silêncio da sala do trono! O prisioneiro está entoando a sua canção, como se não tivesse feito outra coisa além de cantá-la, como se não tivesse sido cantada exceto por ele...

Ela replica. As duas vozes vão uma ao encontro da outra, sobrepõem-se, fundem-se, assim como você já tinha ouvido que se uniam na noite da cidade, seguro de ser você a cantar com ela. Agora certamente alcançou-a, ouve suas vozes, que se afastam juntas. É inútil tentar segui-las: estão se tornando um sussurro, um cochicho, dissipam-se.

* * *

Se erguer os olhos vai ver um clarão. Acima de sua cabeça, a manhã iminente está clareando o céu: o que lhe sopra no rosto é o vento que move as folhas. Está de novo ao ar livre, os cães latem, os pássaros despertam, as cores voltam à superfície do mundo, as coisas tornam a ocupar o espaço, os seres vivos dão sinal de vida outra vez. Certamente você também está, aqui no meio, no fervilhar de ruídos que se erguem de todos os lados, no zumbido da torrente, no pulsar dos pistões, na estridência das engrenagens. Em algum lugar, numa dobra da terra, a cidade desperta, com uma batação, um martelar, um chiar num crescendo. Agora um trovão, um estrondo, uma explosão ocupa todo o espaço, absorve todos os apelos, os suspiros, os soluços...

NOTA

O livro que Italo Calvino se propunha a escrever deveria se chamar *I cinque sensi* [Os cinco sentidos]. A redação foi interrompida depois dos três contos aqui publicados. Portanto faltam os dedicados à visão e ao tato.

O conto que dá título ao livro apareceu na revista *FMR* de 1º de junho de 1982 com o título de "Sapore sapere".

Conforme indicação do autor foi retomado o título *Sob o sol-jaguar*.

ESTA OBRA FOI COMPOSTA PELA HELVÉTICA EDITORIAL EM GARAMOND LIGHT E IMPRESSA PELA GEOGRÁFICA EM OFF-SET SOBRE PAPEL PÓLEN SOFT DA COMPANHIA SUZANO PARA A EDITORA SCHWARCZ EM OUTUBRO DE 1995.